신유하 수필집

달빛 어린 흰 고무신

이 도서의 국립중앙도서관 출판예정도서목록(CIP)은 서지정보유통지원시스템 홈페이지
(http://seoji.nl.go.kr)와 국가자료종합목록시스템(http://www.nl.go.kr/kolisnet)에서 이용하실 수
있습니다.
(CIP제어번호 : CIP2019012861)

신유하 수필집

달빛 어린 흰 고무신

지구문학

오래된 궤적함軌跡函을 열어보며

꽁꽁 묶어 두었던 삶의 궤적함軌跡函을 오랜만에 열어본다.

내 안에 푸른 싹을 틔우던 풋풋한 날들
해맑은 미소를 머금고 가슴 떨리던 시간들,
봉인된 유년의 마당엔 아직도 붉디붉은 고추잠자리 날고 있다.

걷다 뒤돌아보고, 달려가다 뒤돌아보고……,

육중한 대문 앞엔 고목 된 살구나무와 은행나무, 아무도 오르지 않는 감나무, 뜰엔 목단, 백목련, 자목련, 영산홍, 자산홍, 색색 철쭉이 무성한 잡풀 속에서 자태를 뽐내고, 마당에 굵은 철사 빨랫줄은 실 같은 그림자로 식구들의 안부를 묻는데, 뒤뜰 장독대엔 주인 없는 절구통이 세월만 찧고 있다. 커다란 우물에는 나무 덮개 대신 빈 하늘만 오래 전 우물의 전설로 고여 있다.

모두 그곳에 잘 살고 있다. 떠나온 건 나뿐이다.
그런데 왜 이리 속살 드러낸 겨울나무처럼 부끄러울까.
누구나 뒤돌아보는 삶은 비슷하리라 애써 웃음 짓는다.

2019년 4월 청명일에

신 유 하

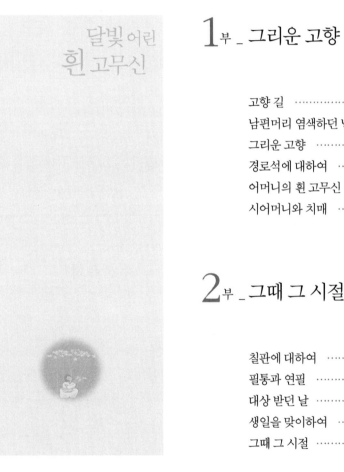

1부 _ 그리운 고향

2부 _ 그때 그 시절

달빛 어린
흰 고무신

3부 _ 조롱박

4부 _ 내리사랑

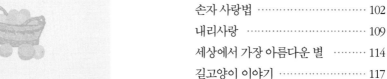

달빛 어린
흰 고무신

5부 _ 두물머리에서 친구들과

1부

그리운 고향

고향 길

참으로 오랜만의 외출이다.

40년 만에 가는 고향 길이라 가슴이 설렌다.

양가兩家 부모님 돌아가시고 나니, 꼭 가야 할 일이 없기도 하지만, 또 워낙 거리가 먼 땅끝마을이라 쉽게 나서지 못했다. 그러던 차에 남편과 함께 모처럼 마음먹고 여행 겸 아침 일찍 집을 나섰다.

봄 햇살이 유난히 따사롭다.

고속도로 차창 밖으로 내다보이는 들에는 농부의 트랙터 움직임이 시대의 변화를 느끼게 한다. 40년 전에는 사람과 소가 그 일을 다 했었다. 나는 고향의 봄을 빨리 만나고 싶었다. 자운영이 만발한 들녘이 그립고, 두엄 뜨는 냄새, 밭두렁에 흙냄새하며 친정집 뜨락에 영산홍, 자산홍, 모란꽃, 함박꽃, 철쭉, 자목련…, 헤일 수 없이 많은 꽃들이 정원 가득 다투어 피면 눈이 빨갛게 물들던 뜨락에서 어머니는 늘 봄을 맞이했다.

고속도로를 달리다 보니 남쪽이 가까워질수록 꽃빛도 한결 아름다웠다. 나는 운전하는 남편 옆에 앉아서 차창 문을 열고 고향의 바람도 마셔 가며 봄노래도 불러보았다. 우리는 그 동안 못했던 옛날 고향 이야기를 하며 마냥 즐거웠다.

얼마를 달렸을까? 해남읍이 가까워지면 우슬재라는 큰 재를 넘어야 한다. 그 우슬재는 사연이 많은 곳이다. 우리도 예외가 아니게 우슬재에 추억이 있다.

1975년 교직에 있는 남편이 겨울방학을 맞이하여 고향 부모님께 가자고 했다. 남편은 3개월도 안 된 아직 신생아인 아기를 데리고 부모님께 첫손자를 보여드려야 한다며 애쓰기에 남편을 따라나섰다.

나는 아기 옷과 기저귀, 한 달 동안 우리 두 사람의 옷을 챙기고 보니, 큰 트렁크에 짐 보따리가 만만치 않았다. 승용차도 없던 때였다.

고속버스를 두 번 타고, 시골버스를 두 번 갈아타고, 비포장도로를 가야 하는데 시간은 약 8시간 소요되는 거리였다.

그런데 그날따라 날씨는 영하 15도로 뚝 떨어졌다. 강추위에 눈까지 내렸다. 차창 밖에는 함박눈이 아름다웠지만 그 아름다움도 얼마 가지 않아 두려움으로 변했다. 고향이 가까워질수록 함박눈이 펑펑 쏟아졌다. 하루가 금세 땅거미가 내려앉고 버스 안에 있는 사람들은 웅

성거리기 시작했다.

해남을 가려면 평소에도 우슬재를 잘 넘어야 안심이 되던 곳이었다.

차안에서는 제발 우슬재를 무사히 넘어가게 해달라는 기도소리도 들렸다. 아니나 다를까. 우슬재를 오르기 직전에 차가 눈 속에 멈추고 말았다. 사람들은 모두 내려서 힘을 모아 버스를 밀었지만 버스는 꿈쩍도 안 했다. 눈은 야속하게 더 쏟아졌다. 할 수 없이 각자 짐을 챙겨들고 걸어서 재를 넘어야만 했다. 짐이 많은 우리가 제일 문제였다.

나는 아기가 얼까 봐 싸고 또 싸고 덮었다. 남편은 큰 트렁크를 아기 귀저기로 띠를 만들어 짊어지고 양손 가득 짐과 가방을 들고 무릎까지 찬 눈 위를 한 발 한 발 조심조심 내딛었다.

20리 재를 넘어가는데 휘몰아치는 눈보라에 코끝은 고드름이 매달리고 눈썹과 속눈썹까지 모두가 산타할아버지가 되었다. 피난민 행렬이 따로 없었다. 등에 업힌 아기는 배고파 울다가 지치기를 여러 번 하는 동안 내 속이 타들어갔었다.

그때를 생각하면서 우슬재를 넘었다.

그날을 떠올리면 지금도 온몸에 한기가 돈다.

우리는 고향에 머물면서 이곳저곳 추억을 찾아다녔다.

남편은 어릴 적에 친구들과 작은 게를 잡고 놀던 바다를 보고 싶어
했다. 그 바다를 보기 위해서 논둑길, 냇가길을 걷다 보니 노란 민들레
가 수줍은 미소로 반겼다. 쪽빛 바다는 여전히 어머니의 품같이 따뜻
한 햇살을 품고 반짝이며 유유히 흐르고 있었다.

2박 3일째 되는 날 아침, 고향의 향기를 뒤로하고 서울을 향해 출발
했다. 차 안에서 내비게이션은 길 안내하랴, 속도 조절하랴, 열심히 떠
들어댔다. 한참을 달리다가 광주요금소를 지나 구부러진 길목을 지날
때다. 속도를 줄이라는 내비게이션 말을 듣다가 문득 수십 년 전에 그
길목에서 있었던 일이 생각나서 피식 웃음이 나왔다.

그러니까 1990년 여름방학 때 고향에 다녀가던 길이었다.

남편은 새로 산 차를 몰면서 길들여야 한다며 고속도로에서 속도를
내야 한다고 했다. 나는 안전운전을 해야 한다고 했는데도 그이는 젊
은 혈기에 괜찮다고 액셀을 밟고 달렸다. 한편, 그 시절에는 길목마다

교통순경이 지키고 서서 딱지를 뗐다.

마침 광주 톨게이트를 지나 구부러진 으슥한 곳에서 호루라기 소리와 함께 교통순경이 손짓하며 길가 쪽으로 차를 세우란다. 교통순경은 거수경례를 하며 "면허증 좀 주시오" 했다.

남편은 모르는 척 한 마디 대꾸한다.

"왜 그러시오?"

"우메 몰라서 물어 보요? 속도위반 해부렀소."

그래도 남편은 큰소리쳤다.

"이 양반아, 앞 차 흐름을 따라야 되지 않소?"

"아따 앞차가 폴폴 날은다고 같이 날라 불다가 따라 죽고잡소? 얼른 면허증 주란 말이요."

옥신각신 분위기가 심상치 않았다. 나는 난감해지며 큰소리친 남편이 미웠다. 안 되겠다 싶어 작전을 썼다. 일부러 고향 말을 더 썼다.

"아자씨! 우리는 지금 고향 부모님이 편찮으셔서 뵙고 가는 길인디 아자씨, 고향 사람이 안 봐주면 누가 봐주겠소? 쪼깐 봐주시오."

순간 교통순경이 싱그시 웃으며 한 마디 한다.

"아, 그란디 저 아자씨는 위반해 놓고 으짠다고, 그라고 목소리를 높인다요?"

나는 이 때다 싶었다.

"아자씨, 우리는 흰할 때 서울 가야 된께 봐주란 말이요."

다급하게 사정했다.

교통순경은 망설이다가 눈치를 살피더니 조용하게 "그란다고 커피 값도 안 주고 가불라우?" 하면서 고개를 갸우뚱하기에 나는 얼른 면허증 밑에 커피 값 지폐 한 장을 건네주었다.

교통순경은 면허증을 내주며 부탁의 말도 곁들인다.

"올라갈 때는 폴폴 날으지 말고 속도지키고 가시요잉."

남편은 그를 향해 또 한 마디 했다.

"가다가 또 교통이 우릴 잡으면 어떡하오?"

"아따 그 때는 내 말 해부시오잉!"

교통순경은 웃으면서 손을 흔들었다.

그제서야 나는 안도의 숨을 내쉬었다.

　그래도 고향 인심이 따뜻함을 느꼈던 그 때 일을 떠올리며 우리는 한바탕 웃었다.

　우리 부부는 지금 하얀 세월의 언덕에서 교대로 운전하며 고향을 다녀가고 있지만, 이젠 장거리 운전은 무리라는 생각이 들었다. 그리고 고향에서 부모님이 기다리고 계시던 시절이 그립고 또 그리워서 내내 가슴이 허전했다.

남편머리 염색하던 날

정유년이 밝았다.

거실 창밖에는 함박눈이 흰나비 떼처럼 내리고 있다.

세상의 온갖 더러움이 깨끗이 씻기는 듯 설경은 모든 이들의 마음까지도 설레게 하고 있다.

남편은 이발소에 염색하러 갔다가 쉬는 날인 줄 몰랐다고 투덜거리며 들어오더니 외투에 내린 하얀 눈을 털면서 말했다.

"내일은 동문 모임이 있어서 오늘 꼭 염색을 해야 하는데…"

그렇게 난감해 하며 내 눈치를 살핀다. 나는 창밖의 설경을 감상하느라 분위기상 선뜻 염색해 주고 싶은 생각이 없었다.

그런데 염색을 해야 한다며 작은 소리로 반복하는 남편을 보면서 못 이기는 척 앞에 신문지를 깔고 남편 등에 보자기를 두르고 나니 남편이 싱긋 웃으며 화장대 앞에 앉았다.

남편의 머릿속을 살피며 빗질을 하다 말고 나는 깜짝 놀랐다.

그 숱 많고 윤기 흐르던 머리털이 어디로 다 갔는지 가늘고 힘없는 머리카락만 헤싱거리고 그나마 이마 앞쪽으로 넘어갔다. 넓은 가르마는 살이 훤히 드러났다. 검고 칙칙했던 머리를 올백으로 넘겼던 그 멋진 헤어스타일은 흔적이 없어졌다. 넓고 당당하던 어깨도 왜소한 노인의 좁은 어깨가 되었다.

순간 나는 코끝이 시큰했다. 머리숱이 여전히 많은 줄 알고 섞어놓은 염색약이 반이나 남은 것을 보면서 연민을 느끼며 잠시 추억에 잠겨본다.

우리는 중매결혼을 했다. 땅끝마을에서 처음 만나던 날도 함박눈이 펑펑 내렸다. 남편은 서울에서 교직에 있으면서 방학기간이면 꼭 고향에 내려와서 부모님과 함께 살다 가곤 했다. 그러는 동안 여기저기 선을 보던 차에 갑자기 나와 선을 보게 되었다.

처음 만났을 때, 그 분은 키는 조금 작았지만 머리숱이 많고, 윤기 자르르한 머리를 올백으로 넘긴 헤어스타일과 맑고 쩌렁쩌렁한 목소리가 마음에 들었다.

우리 어머니는 장남인 것이 마음에 걸린다고 했다. 여자는 배우자를 잘 만나야 평생이 행복하다시며, "산 좋고 물 좋은 곳이 흔치가 않구나. 너의 아버지 같은 사람이면 좋으련만…" 하셨다.

더하여 "딸은 출가외인이니 한 번 선택하면 검은 머리가 파뿌리 될 때까지 함께해야 하고 그 집 귀신이 되어야 하느니라" 하셨다.

그런데 어쩌랴! 당시 그 사람의 멋진 헤어스타일이 내 눈에 꽉 찼다. 맑은 목소리가 귀에 쟁쟁하고 금세 내 눈에 콩깍지가 씌였다. 우리는 양가 부모님 축복 가운데 서둘러 20일 만에 결혼식을 올렸다.

어언 42년이 흘렀다.

그동안 남편의 머리털은 40대 초반부터 희끗희끗 새치인가 싶더니 차츰 흰 머리카락이 많아졌다.

어느 해이다. 우리 둘째아들이 초등학교 2학년 때이니 남편이 40대 중반인 듯싶다. 유독 아빠를 따르던 아들과 손을 잡고 놀이터를 지나 문방구에 가는데, 놀이터 앞에서 갑자기 아들이 손을 뿌리치고 달리기 시작했다. 아빠는 영문도 모르고 아들을 부르며 따라갔지만 아들은 한참 달리다가 어느 집 모퉁이에 서서 기웃거리고 있었다.

아빠가 왜 그러느냐고 물어봐도 아들은 대답하지 않고 얼굴이 굳어 있었다. 후에 조용히 물어보니까 놀이터에 친구들이 놀고 있었는데, 아이들이 저를 보면, '너의 아빠는 할아버지냐?' 고 놀릴 것 같아 창피

해서 아빠 손을 뿌리치고 도망갔었다고 했다.

그동안 남편은 부작용 때문에 염색을 포기했는데 그 때부터 다시 염색을 했던 기억이 떠올랐다.

염색을 끝낸 남편이 머리를 감고 툴툴 털고 나와서 화장대 앞에 앉으면서 "고마워요" 했다. 나는 그 "고마워요"가 왜 생소하게 들렸는지…. 화장대 거울에 비친 우리의 모습을 보니, 함께한 시간들이 눈에 익게 닮아 있었다.

나는 남편의 좁아진 양쪽 어깨를 가볍게 마사지하며, 그 동안 눌린 삶의 무게를 풀어주었다. 그리고 이전에 느끼지 못했던 서로의 소중함이 더욱 숙성해지고 있음도 느꼈다. 드라이로 남편의 머리를 말리며 문득 언제인가는 두 사람 중 누구인가 혼자 남을 날이 다가오는 것 같아 두려워진다.

화장대 옆 액자에는 빛바랜 흑백 결혼사진 속 남편이 여전히 숱 많고 윤기 흐르는 머리털을 올백으로 넘기고 당당한 모습으로 활짝 웃고 서 있다.

그리운 고향

고향! 하면, 부모형제, 어릴 때 친구, 아름다운 산천이 떠오른다.

나는 해남읍에서 가까운 신안리에서 태어나고 자랐다. 그곳은 아담한 청솔밭 마을이다.

큰 산 아래로 그림 같은 냇물이 흐르고 있었다. 여름이면 친구들과 멱을 감고 귓속을 말린다며 햇볕에 달구어진 몽돌을 주워 귓속에 대고 말리곤 했다.

들에 만발한 풀꽃을 따서 내 친구 순이에게 꽃반지 끼워주면 얼마나 좋아했던지…. 동백꽃을 지푸라기에 꿰어 화환을 만들어 목에 걸어주며 우정과 꿈을 키웠다.

눈보라 치는 매서운 겨울날 2km 걸어야 가는 등굣길은 그리도 멀었다. 검정 고무신에 양말은커녕 맨발에 지푸라기로 발을 싸고 다니던 우리는 꽁꽁 언 발에 누더기는 추위를 막아주지 못했다.

1남 7녀. 칠공주의 막내인 나는 노산老産의 어머니가 젖이 부족해서 동냥젖을 먹여 키웠다고 들었다. 그래서 바람이 불면 금세 날아갈 듯 연약하게 자랐고 병치레를 유난히 많이 했다. 그렇듯 나의 어린 시절은 가난해서 서러운 사람이 많았다.

고향을 떠올리면 지금도 생생하게 남아 있는 슬픔이 하나 있다.

등하굣길 어디쯤에 항상 오후 4시~5시만 되면 갈퀴나무로 나무등치를 만들어 머리에 이고 저잣거리로 팔러 가는 아주머니가 있었다.

그 아주머니는 어느 날부터 배가 조금씩 불러왔다. 그럼에도 불구하고 머리에는 그 무거운 나무등치를 이고 그 시간이 되면 어김없이 나타나서 나와 늘 마주쳤다.

그러던 어느 아주 추운 겨울 날. 눈보라가 하늘을 메우던 오후, 그 시간이 되었는데 아주머니는 보이지 않고 나무등치만 보였다.

그런데 한적한 그 곳에 몇 사람이 분주히 움직이고 있었다.

순간 깜짝 놀랐다.

만삭이 된 그 아주머니가 거기서 나무등치를 이불삼아 해산을 한 것이다. 정말 기가 막혔다. 부모의 책임을 다하기 위해서 자식들 입에 죽이라도 먹이려고 출산 직전까지 애쓰는 모정에 가슴이 뭉클했다.

정녕 가난은 설움이었다.

특히 나의 어린 시절은 아버지의 사랑을 빼놓을 수가 없다. 아버지는 올곧고 성실하며 남을 배려하고 부지런한 농부였다.

딸 부잣집으로 소문난 우리 집은 딸이 많아도 자식 사랑이 유난히 깊으셨던 아버지셨다.

그때, 우리 시대 교복은 하얀 칼라에 주름치마를 입었었다. 아침엔 교문에서 주름치마 검사도 했었다. 그래서 저녁이면 주름을 실로 떠서 요 밑에 깔아두면 주름이 잘 잡혔다.

해서 아버지 요 아래는 세 딸의 주름치마가 늘 깔렸지만 아버지는 불편한 내색을 한 번도 안 하셨다.

지나고 생각해 보니, 아버지는 잠자리가 얼마나 불편하셨을까? 싶었다. 그 뿐인가. 주름이 삐뚤어진 날에는 아버지 때문에 주름 망쳤다고 떼쓰던 철부지 딸들!

그래도 온화한 미소로 "다음날 밤은 조심해서 자마" 하시며 오히려 미안하게 생각하시던 아버지셨다.

동지섣달 긴 밤이면 쇠죽솥 아궁이에 고구마를 구워서 가슴에 품고 행여 식을세라 마루 끝에서 날 부르시던 아버지, 고기반찬이 상에 오르면 자식들 앞으로 밀어 놓고 물에 밥을 말아 드셨던 아버지!

그 때, 내 생각에 아버지는 맹물이 저렇게 맛있을까? 싶었다.

아버지는 땅에 떨어진 풋감 하나도 자식 입이 먼저였다. 그래서 아버지는 잡수시기 싫은 줄로만 알았던 철없던 딸이었다.

아버지! 내 사랑하는 아버지!

나는 아버지의 교훈을 잘 지키고 있다. 정직, 성실, 배려하는 마음과 인내의 가르침을 새겨놓았다.

그리하여 서울의 타향살이도 무난하게 살아가고 있다.

또 내 고향 해남의 정서와 아름다운 산천의 정기를 받아 좋은 詩를 가슴 속에 가득 담고, 늘 감사하며 행복하게 잘 살고 있다.

경로석에 대하여

어느 해 봄, 온 천지가 꽃으로 물들던 날, 남편 생일이 지나고 며칠 뒤였다. 꽃구경 가자며 자가용보다는 전동차를 타고 교외로 나가서 낭만을 즐기자고 했다.

마포구청역 지하철에서 개찰구를 통과하는데, 앞에 간 남편 교통카드에서 삐삐소리가 두 번 울렸다. 나는 "왜 당신 카드는 두 번 울리냐"고 물으니, 어르신 카드를 받았다고 했다. 남편이 퇴직해서 집에 있지만 어르신이란 말이 왠지 생소했다.

그때 나는 오십대였기에 약간 당황했다. 벌써 노인 대접을 받은 남편이 조금은 손해 본 것 같아서 속이 상했다. 그날 따라 전동차 안은 사람이 꽉 찼고 경로석은 빈자리가 남아 있었다. 나는 남편에게 노인석을 향해 눈짓으로 가서 앉으라 하니, 남편은 가슴에 힘을 주며 아니라고 고개를 저었다. 나는 빙긋이 웃었다. 아직은 경로석이 낯선 듯 아니면 노인의 자리가 싫은 듯 고개를 저으며 한참을 서서 갔다.

그렇게 몇 년을 함께 전동차를 타고 갈 때마다 남편은 경로석 근처도 안 갔다. 내가 젊은 사람들 앞에 서서 가면, 남편도 내 옆에 당당하게 서서 가곤 했다.

7년이 쏜살같이 지났다. 드디어 나에게도 어르신 우대교통카드가 나왔다. 카드를 받아들고 보니 만감이 교차했다. 한동안은 장롱 속에 넣어 놓고 그동안 쓰던 직불카드로 전동차를 이용했다. 왠지 자존심도 상하고 아직은 어르신 대접을 사양하고 싶었다. 그리고 남편이 어르신카드를 받아올 때의 심정을 헤아려보며 경로석에 앉으라고 눈치했던 내가 조금은 미안한 마음도 들었다.

나는 전동차를 많이 이용하는 편이다. 일주일에도 몇 번씩 다니면서도 어르신카드를 쓰는 게 쑥스럽고 누가 따라오면서 "저 사람도 경로우대야" 힐끗거리며 소리칠 것만 같았다. 차라리 직불카드를 이용하는 게 마음이 편했다.

그런데 어느 날, 여고동창 모임이 끝나고 돌아오는데 지하철 개찰구를 통과하는 친구들이 하나같이 두 번씩 삐삐소리를 냈다. 그때 '그럼 나도 사용해 볼까?' 생각하고 장롱 깊숙이 숨겨두었던 우대교통카드를 꺼내 지갑 카드꽂이에 넣어두었다.

며칠 후, 전동차를 타려고 개찰구에서 카드를 대자, 유난히 크게 울린 삐삐소리에 깜짝 놀랐다. 나는 행여 누가 볼세라 뛰어갔다. 전동차

안에서 어떤 자리로 갈까? 망설이다가 그냥 서 있기로 했다.

서 있으니 마음이 편했다. 경로석은 비어있지만, 그 자리가 왠지 쑥스럽게 느껴졌다. 나는 아직 아니라는 주문이 머릿속에서 맴돌았다.

그렇게 한동안 마음이 편한 대로 서서 가다가 경로석에 빈자리가 많을 때는 그냥 앉아서 눈을 감고 갔다.

그렇게 2년이 지났다. 일주일에 몇 번씩 전동차를 이용하다 보니 내 마음도 조금씩 뻔뻔해졌다. 경로석이 비어 있을 때는 아무렇지 않게 가서 앉았다. 어쩌다가 퇴근시간에 부딪치면 전동차 안은 갑자기 붐빈다.

어느 날, 경로석에 앉은 나는 詩를 외우느라 마스크를 쓰고 눈을 감고 있는데 갑자기 많은 사람들로 꽉 차 있었다. 웅성거리는 소리에 눈을 뜨고 깜짝 놀라 얼른 일어섰다. 그 때 뒤쪽에서 갑자기 손가방이 날아와서 내가 앉았던 의자에 떨어졌다.

바로 앞에 서있던 할머니는 "왜 반칙을 하냐"며 "순서가 있는데 왜 가방을 던지냐"고 소리를 지르고 가방 던진 할머니는 "내 가방이 먼저 갔으니 내가 앉아야 한다"며 고함이다. 앞에 서 있던 할머니는 "그래

늙은 것이 자랑이다" 하며 한 정거장을 가는 동안 내내 고성이 오가고 나는 그야말로 바늘방석에 앉았던 시간이 몸둘바를 모르게 부끄러웠다.

쥐구멍이라도 들어가고 싶었다. 마스크로 얼굴을 가리고 모자를 눌러썼던 것이 조금은 다행으로 생각되었다.

경로석에 앉았다가 망신을 샀다는 친구의 말이 생각났다. 경로석에 앉아 있는데 어떤 할아버지가 오시더니 "당신 몇 살인데 거기 앉았느냐?"며 면박을 주면서 마치 자기 자리인 양 큰소리치며 당당하게 앉은 할아버지가 황당했다는 말에 우리는 웃고 넘어갔지만 모두가 자기 생각들만 하는 사회가 씁쓸했다.

한치 앞도 생각 못하고 항상 젊을 줄만 알았던 나, 오늘도 나는 어느새 세월의 비바람에 낡아버린 심신으로 남편과 나란히 경로석에 앉았다. 남편 손을 꼭 잡고 있으니 서로의 온기가 온몸 가득이 스며든다.

어머니의 흰 고무신

해마다 섣달 보름달이 환하게 뜨면 지금도 가끔 마음이 시려온다.

어머니의 꽃상여가 마치 손을 흔들며 "바람 끝이 차다, 어서 들어가라" 손짓하면서 재를 넘어가던 모습이 눈앞에 선하다.

어머니는 해남 고을 원님의 무남독녀 손녀로 태어났다. 귀하게 자라서인지 입맛도 까다롭고 편식이 심했다.

해서 우리 집 음식은 늘 어머니 위주로 밥상이 차려졌던 기억이 생생하다. 성품이 대쪽같이 곧고 정갈하며 음식 솜씨도 따를 사람이 없을 정도였다.

어머니는 칠공주와 막내아들 하나를 두셨는데, 언제나 딸들에게는 모범이 되기 위해서 더욱 신경을 쓰셨다.

여자는 옷매무새가 단정해야 한다며 늘 신경을 써서 흐트러진 어머니의 모습은 거의 보지 못했다. 지금도 눈에 선하게 기억되는 것이 있다.

어머니에게는 두 켤레의 하얀 고무신이 있었다. 한 켤레는 언제나 신방돌 큰 기둥에 세워져서 늘 따뜻한 햇볕을 받았고, 한 켤레는 나란히 안방 신방돌 위에서 어머니의 나들이를 기다리고 있었다.

내가 어릴 적에, 어머니의 하얀 고무신은 더러우면 큰일이 나는 줄 알았다. 지금처럼 세제나 수세미가 다양한 시절도 아니었다. 비누도 귀한 시절이라 검정 비누를 많이 사용하고 하얀 비누는 흰 빨래에만 아껴 쓰던 시절이었다.

하지만 우리 집 장독대 옆 넓은 우물가에는 흰 비누통과 볏짚을 비벼 만든 수세미가 늘 정돈되어 있었다. 깔끔한 주인의 성품 때문에 한겨울에도 비바람이 불어도 예외가 없었다.

어머니는 큰 키에 곧은 자세로 겨울이면 유동 한복에 여름이면 모시옷을 즐겨 입으셨다. 아침에 잠자리에서 일어나시면 화장대 거울 앞에서 참빗으로 머리를 가지런히 빗으시고 노란 금비녀를 꽂았다.

그리고 하얀 버선을 꼭 신으셨다. 한여름에도 어머니의 모습은 똑같았다. 그래서 아버지는 어머니에 대한 사랑이 지극하셨다. 모든 것이 어머니 위주였다. 밥상에서도 맛있는 음식은 어머니 앞으로 갖다 놓았다.

조금 잘 드시면 "다음 끼니에 너의 엄마 먹어야 된다"고 손도 안 대셨다. 그리고 어머니가 논밭에 나가서 일하시면 큰일 나는 줄 알았다. 가만히 앉아서 집안 식솔들이나 관리하라셨다. 그 시절에는 집집마다 농사가 본업이었고 지금처럼 기계화가 되지 않아서 모두 사람의 노동력으로 농사를 지었던 시절이었다.

또 그 마을에서 우리 집은 농토가 제일 많아서 일손이 부족했었다. 그럼에도 불구하고 어머니가 들에 나갔다 오시는 날에는 항상 웃는 얼굴의 아버지가 화를 내시는 날이다. 그래서 어머니는 논에서 난 잡초인 피를 모르고 살았다고 했다.

또 냉장고가 없던 시절이라 과일 좋아하시는 어머니를 위에 날마다 자전거로 2킬로미터가 넘는 읍내 시장에서 과일을 사서 나르셨다. 그렇듯이 어머니는 아버지 사랑을 듬뿍 받으며 흔치 않은 아내로 살았다.

5일장이 서는 날이면, 어머니는 구김살 없는 모시 한복에 흰 고무신을 신고 오른손에 꽃양산을 받쳐 들고 왼손에는 태극부채를 들었는데 그런 어머니의 모습은 어린 내가 볼 때도 멋져 보였다.

"여자는 부지런해야 자기관리를 할 수 있다"고 누누이 귀가 따갑도록 들었다. 그렇게 세뇌를 받고 자라서 우리 칠공주는 어머니의 몸가짐을 그대로 본받아 자기관리에 철저했다.

그러던 어머니는 73세 때, 눈 오는 새벽에 마루에서 발을 헛디뎌 골반 뼈가 부서져서 큰 고생을 하셨다. 목발을 짚어야 했다. 병원에서는 골다공증이 심해서 어렵다고 했다.

그렇게 2년을 사셨다. 서울과 해남은 천릿길이라 자주 가지도 못하고 마음만 아팠다.

어머니는 가끔 전화로 울먹이며 "내 신발을 신고 걷고 싶구나. 내가 무슨 죄가 있어서 목발을 짚는다니? 속상하다" 하시며 하소연하셨다.

그 무렵 자주 꿈속에서 어머니가 예전처럼 흰 고무신을 신고 다니시는 모습이 보여서 불현듯 고향을 찾았다. 어머니는 마루 끝에 앉아서 나를 보시더니 두 팔을 벌리며 반기셨다.

신방돌 위에는 어머니의 흰 고무신이 먼지를 뒤집어 쓴 채 손길을 기다리고 있었다.

나는 얼른 신발 두 켤레를 들고 우물가로 가서 깨끗하게 닦고 닦아서 신방돌 기둥에 세워놓으니 햇볕 한 줌 살며시 들었다.

그런 나를 보신 어머니의 표정이 슬퍼 보였다.

"아가 내 신발 신을 수 있으면 얼마나 좋으련만 신을 수나 있겠냐?"

그러시며 고개를 떨구시는 어머니는 모든 걸 포기하신 듯싶었다.

그 몇 달 뒤 어머니가 위독하시다기에 달려갔다. 많이 쇠약해지셔서 침대에서 일어나지 못했다.

"내 막내딸아!"

어머니는 내 손을 꼭 잡으시고 "나 죽어서 저승길 갈 때도 내 신발 신고 걸어가고 싶구나, 목발 짚고 가기 싫단 말이다" 하시며 초점 잃은 눈에서 흘리시던 어머니의 눈물을 닦으며 함께 울었다.

그 후, 어머니는 눈이 많이 내리던 섣달 보름날 조용히 눈을 감으셨다. 마당에는 어머니의 옷가지와 신발들이 쌓였다.

그 때는 흔히 불에 태웠다. 저승길에 입고, 신고 간다고. 모두 불에 태웠었다.

그 때 나는 한 켤레만 신고 가시라고 태우고. 새로 산지 얼마 되지 않은 흰 고무신 한 켤레를 챙겼다. 어머니가 보고 싶을 때 어머니를 본 듯 보려고 챙겼다.

올해도 어김없이 겨울이 왔다. 어머니가 그립다. 목발이 싫다 하셨는데 멀고 먼 저승길, 절뚝절뚝 얼마나 불편하셨을까?

오늘처럼 눈이 많이 오는 날은 더욱더 가슴이 시려온다.

문득, 신발장 안에 있는 어머니의 흰 고무신을 꺼내서 비누로 닦고 또 닦아본다.

어머니가 보고 싶다.

지금도 우리 집 신발장에는 30년 된 하얀 고무신에서 어머니의 향기가 숨 쉬고 있다.

시어머니와 치매

　우리 시어머니는 9대 독자인 시아버지와 결혼하여 종부의 며느리로 살았다. 홀시아버지를 모시며 5남매를 키웠다. 워낙 귀한 아들인 시아버지는 자기위주로 편하게 살았다. 성품이 고운 어머니는 자신의 몸을 아끼지 않고 헌신적이며 내성적이고 전형적인 현모양처였다.

　내가 결혼해서 시댁에 가서 보니 친정과는 정반대였다. 대접 받는 친정어머니만 보다가 시아버지 위주로 사는 생활이 너무도 생소했다. 시어머니는 불평을 모르고 살았다. 세월이 흘러서 시아버지께서 먼저 세상을 뜨시고 고향집에는 시어머니 혼자 살았다. 우리와 함께 살자 했지만, 친구들과 오며가며 고향에서 살고 싶다시기에 그렇게 했다.

　가끔 혼자 계시는 시어머니를 생각하면 늘 마음이 편치 않았다. 그래서 해마다 여름방학과 겨울방학에는 우리가 고향에 내려가서 한 달간 함께 살다 오곤 했다,

　10년이란 세월이 흘렀다. 어느 날 아침 어머니가 편찮으시다는 전화를 받고 남편이 달려갔다. 남편에게서 어머니 상태가 좋지 않다고 전화가 왔다. 넘어져서 엉덩이 부분에 상처가 심해서 입원해야 한다기에 서울로 모셔다가 한 달간 입원과 통원치료 끝에 어머니의 상처는

다 나왔다.

그런데 어머니에게 문제가 생겼다. 갑자기 자주 오가는 길을 헤맸다. 어머니는 "다 나았으니 시골집에 가야 한다" 며 가고 싶다고 해서 보내드렸다. 하지만 얼마 뒤에 또 전화가 와서 모시고 왔다. 이번에는 대상포진이 얼굴에 띠를 두른 듯이 물집이 번져서 몹시 괴로워하셨다.

더하여 어머니는 하루가 다르게 급성치매로 치달았다. 어떻게 대처할 수가 없었다. 밤에 식구들의 이름을 부르며 방마다 문을 두드려서 잠을 잘 수가 없었다. 우리는 단독주택 4층에 살기 때문에 행여라도 어머니가 문을 열고 내려가다가 넘어질까 그것이 제일 겁이 났다.

어느 날 밤이었다. 그날은 조용해서 오늘밤만 같으면 살겠다 싶었다. 다음날 아침 일찍 문안 인사를 드리려고 방문을 여는 순간, 나는 깜짝 놀라 주저앉고 말았다. 부드러운 본견 이불을 덮어드렸는데, 그 이불을 갈기갈기 찢어놓았다. 목화솜은 새들의 깃털처럼 온방에 흩어져서 난무했고, 어머니는 그 아래 누워서 웃고 계셨다.

또 어느 날, 남편이 자기가 직접 조반을 챙겨들고 가서 어머니 뵙고 출근한다고 갔는데, 어머니는 한복을 곱게 차려 입고 앉아서 "오빠, 오랜만에 오셨다"며 아랫목에 당신의 요를 깔아놓고 윗목에서 절을 하시니, 남편 눈에서는 눈물이 흐르고 "내 착하신 어머니가 왜 저런 병에 걸리셨냐"고 한탄을 하며 슬퍼했다.

그런데 어머니의 선한 성품은 병중에서도 보였다. 내가 간식으로 고구마를 쪄 가면 "형님, 이렇게 맛난 것은 나누어 먹자" 하고, 밥을 가져가도 나누어 먹자시며, 고맙다는 말은 잊지 않으셨다. 그리고 나는 어머니가 언제나 방에서 소변을 쉽게 보도록 요강을 넣어드렸다.

그런데 어느 날 어머니가 방문을 열더니, 요강에 가득 찬 소변을 계단에다 쏟았다. 잡수시던 생수까지 요강에 부어서 흔들어 버리셨다. 나는 깜짝 놀라서 "어머니 왜 그러세요?" 하자 어머니는 "아따 여기는 넓은 갯바닥이니 괜찮단 말이요" 하시며 어머니는 당신의 젊은 시절 한 때에 머무르고 계셨다.

나는 할 말을 잃고 오물을 치우면서 그 어머니가 밉지 않았다. 나 스스로 의아할 정도로 내 자신에게 고마웠다. 그렇게 몇 달을 보냈다. 자식의 도리로 생각하며 묵묵히 이겨냈다. 제일 어려운 것이 대소변 받

아내는 일이었다. 어떤 때, 하소연하고 싶으면 가까이 사는 둘째언니
에게 전화를 했다.

그럴 때면 언니는 "나도 치매 시아버지를 7년 모시고 살았다. 그러
다가 노인들은 풀꽃처럼 시들어간단다." 또 "밥을 드려도 드려도 배고
프다 하시니 어쩌면 좋으냐"고 물으면, "저승길 가실 때, 드시려고 그
런단다. 시어머니 얼마 못사실 것 같다"고 늘 위로해 주었다.

그러던 어느 날부터 어머니는 변을 못 보셨다. 걱정이 되어서 관장
을 했다. 그 뒤로도 제 정신이 아니니 기저귀를 채워도 감당하기 어려
웠다. 나는 기도하는 마음으로 따뜻한 물로 씻겨 드리고 따뜻한 물수
건을 준비하여 하루에도 몇 번을 대소변 마무리를 했다.

하루는 지방에서 어머니를 뵈러 온 시누이가 그걸 보고 "언니 저는
못 하겠어요" 하며 고맙고 감사하다며 봉투를 내놓고 간 적도 있었다.

그렇게 몇 달을 보냈다. 어느 날 아침, "아가!" 어머니가 나를 부르
며 내 손을 꼭 잡으셨다. 나는 깜짝 놀랐다. 순간 어머니가 바른 정신
으로 돌아온 것 같아서 기쁘고 반가워서 어머니를 몇 번 불렀다.

"아가! 고맙고 감사하다. 너는 복 많이 받고 살 것이다. 내 효부 며느

리야, 너도 꼭 너 같은 며느리 만났으면 좋겠다."

그러시며 어머니는 아주 편안한 미소를 지었다.

"어머니! 이렇게 더 사셔야지요."

"아니다. 갈 때는 가야 편안하단다. 너 고생 많이 했지?"

순간 나는 눈물이 흐르면서 문득 어머니가 건강하실 적에 철마다 나물과 김, 미역, 야채, 곡식 등을 손질해서 보내주신 것이 떠올랐다.

특히 잊을 수 없는 것은 새끼손가락 같은 산도라지를 하나하나 다듬어 깨끗하게 말려서 보내주셨던 그 귀한 어머니의 자식사랑을 돌아보게 했다. 그리고 앙상한 손마디에 살가죽만 남은 어머니의 손을 잡는 순간 눈물이 주루룩 흘렀다. 따스한 온기가 흐르는 가운데 어머니의 생이 얼마 남지 않았음을 직감할 수 있었다.

그 얼마 후, 새싹이 돋고 목련꽃 피는 어느 날 어머니는 아주 편안하게 꽃길 따라 떠나셨다.

세월이 많이 흘렀다.

이제 머지않아 새싹이 트고 목련 꽃이 피면 어머니를 찾아뵙고 와야겠다. 땅끝마을 바닷가에서 어머니의 향기를 품고 돌아오리라.

2부

그때 그 시절

칠판에 대하여

3월 마지막 수요일 아침이다.

오늘따라 거실에 쏟아지는 여린 햇살이 어머니 품처럼 유난히 포근하다. 경희대학교 사회교육원 詩낭송반 수업도 어언 한 달이 지나간다. 꿈만 같다.

나는 아침 일찍 단장을 하고 콧노래를 부르며 학교에 가는 날이면 마냥 즐겁다.

지하철을 타고 마을버스를 타다 보면 1시간 30분이 소요되지만, 멀지 않게 느껴지는 것은 학교생활이 즐겁기 때문이리라.

교문을 들어서니 살랑살랑 봄바람이 내 볼을 스친다. 앞서 가는 여대생들의 옷차림도 한결 가벼워졌다. 미니스커트에 길게 찰랑대는 생머리에서 상큼한 젊음이 묻어난다. 교정 여기저기에 진달래, 개나리가 봄을 한가득 입에 물고 방실거린다.

나는 강의실까지 가는데 가까운 길을 선택하지 않고 멀리 돌아돌아 교정의 활기찬 젊음과 계절을 가슴에 담기 위해서 오르막길 내리막길을 걷는다.

강의실에 들어서니 눈에 익은 늦깎이 학생들이 예습하느라 발음 연

46

습에 열중하고 있다. 교수님도 미리 와서 詩와 발음표를 준비하여 칠판 가득 써놓았다.

수업이 시작되고 열심히 필기하면서 강의를 듣다 보면 한 시간은 금세 지나간다.

잠시 쉬는 시간에는 같은 수강생인 고명숙 가수가 기타 연주에 노래까지 불러주니 듣는 귀도 즐겁다. 잠시 후에 제2교시에 들어갔다. 교수님이 칠판 옆에 붙어있는 스위치를 누르자 1교시 때, 칠판에 가득했던 글씨가 순식간에 지워졌다. 백묵 가루 한 톨도 날리지 않고 깨끗이 지워졌다.

순간 나는 칠판을 보고 깜짝 놀랐다. 감탄이 절로 나왔다. 수업이 끝나고 돌아오는 전동차 안에서 잠시 눈을 감으니 1960년대 내 여학교 시절 교실이 떠올랐다.

교실 맨 앞에 태극기가 걸려 있고, 양쪽으로는 교훈과 급훈이 걸려 있고, 그 아래에는 넓고 커다란 칠판이 걸렸다. 칠판 아래에는 백묵과 칠판 닦기 몇 개가 놓여 있다. 수업이 끝나고 쉬는 시간이면 당번들은 칠판을 닦느라 분필가루를 하얗게 뒤집어쓴다. 까만 교복은 백묵가루

세례를 받기 일쑤였다.

또 칠판 닦기를 창문 옆 벽돌에다 탁탁 두들겨 털다보면 벽돌은 흰 가루로 떡칠을 하게 되고 비가 와야 지워지곤 했다. 그래서 우리는 서로 칠판 닦기를 싫어했던 기억이 생생하다.

뿐만 아니라 수업시간에 졸거나 딴전을 피우는 학생들에겐 가차 없이 선생님께서 부러진 백묵을 휙 던져서 정신을 차리게 하던 모습도 아련하다.

이에 맞서 짓궂은 아이들은 영어 시간만 되면 선생님이 오시기 전에 칠판에 아주 큰 글씨로 '영어야 본국으로 돌아가거라' 를 써놓고 깔깔 대던 추억이 그립다.

문득 내 곁에 있는 남편이 생각났다. 30여 년을 교단에서 백묵가루를 마셔가며 가장의 책임감에 고단함도 표현 한 번 안 하던 남편. 그래서 가끔은 소주에 삼겹살을 먹어야 백묵가루를 씻어낸다던 말이 생각났다.

자그마치 37년을 마신 백묵가루 양을 떠올려보니 재삼 미안하고 숙연해진다.

　요즘 부쩍 하얗게 센 머리에 얼굴엔 여기저기 검버섯까지 난무해졌
다. 세월의 탓이라기보다 가장의 무거운 짐에 눌린 흔적이 아닌가 싶
어 짐짓 가슴이 아프다. 그 시절에도 요즘 같은 칠판이 있었다면 얼마
나 좋았을까!

　내가 이 늦은 나이에 취미로 공부할 수 있는 것도 다 남편의 노고 덕
이라 생각하니 "여보 고마워요" 가슴 가득 온기가 스민다.

　오늘 저녁 식탁엔 삼겹살에 참이슬 맑은 소주로 남편의 목 속 언저
리에 아직도 남아있을 분필 가루를 씻어내어 주고 싶다.

필통과 연필

나는 詩를 사랑한다. 아름다운 시를 보면 그 시를 암송하는 것이 나의 유일한 즐거움이다. 내가 시를 쓰고 암송하면서 가끔 문학의 밤 행사나 시낭송 행사에 참석하다 보면 그 시낭송하는 모습이 얼마나 아름답고 부럽던지….

나도 할 수 있을까? 생각 끝에 꿈에 부풀어 이곳저곳 문을 두드렸다. 마침 경희대학교 사회교육원에서 모집하는 시낭송반에 등록을 했다.

오늘은 꿈에도 그리던 대학교에 가는 날이다.

봄 학기 시낭송반 첫 개강을 하는 날이다.

캠퍼스가 아름답다는 경희대학교에서 시낭송공부를 한다는 것이 내게 얼마나 좋은지, 꿈인지 생시인지 흥분된 마음으로 교문을 들어서니 젊음이 넘실거린다. 그 대열에 끼어 나이를 잊은 채 빠른 걸음을 재촉하며 오르막길 내리막길을 한참 걸으니 숨이 찬다.

젊은 대학생들은 여유로워 보이는데 나만 숨이 차고 있다. 가쁜 숨을 내쉬며 뒤돌아보니 아! 나는 할머니가 아닌가? 잠시 착각했다.

앞을 바라보니 멀리 봄 아지랑이가 아른거린다.

나는 정신을 가다듬고 물어물어 강의실을 찾아 들어갔다.

강의실 안에는 다양한 학생들로 가득 찼고 책상 위에는 필기도구를
꺼내놓고 교수님을 기다리고 있었다. 그런데 눈에 확 띄게 보이는 것
이 있었다. 여러 종류의 필통이었다. 오랜만에 보는 필통들이 몇 십 년
의 세월 속에 많이도 달라졌다.

그 예쁘고 편리한 필통들이 나를 놀라게 했다. 필통 속 연필도 내 어
린 시절과 비교할 수 없이 달라졌다. 연필, 지우개, 색색 사인펜, 화이
트 하드디스크, 예쁜 모자를 쓴 채 어떤 충격에도 다치지 않는 필기도
구들이 필통에 옹기종기 모여 있었다. 나는 잠시 눈을 감고 내 어릴 적
시절로 돌아갔다.

1960년대 초. 그 때 나는 2km를 걸어서 읍내 초등학교에 다녔다.

그 시절에는 가방이며 학용품이 귀한 때라 책을 보자기에 둘둘 말아
등에 사선으로 메고 다닌 아이들이 많았다. 필통이라야 양철 뚜껑이
있는 필통이 제일 좋은 필통이었다. 학교에서 돌아오면, 일단 숙제를
끝내놓고, 밤이면 호롱불 밑에서 면도칼로 연필을 곱게 깎아서 필통
에 가지런히 넣어 놓아야 안심이 되었다.

다음 날. 아침 등굣길은 흥겹다. 뛰고 달리고 들꽃 꺾어서 휙 던지며

온갖 장난을 치면서 걷다 보면 출렁출렁…. 학교에 가서 책 보따리를 풀어보면 모두 심이 부러져서 쓸 수 없을 때가 허다했다. 그래서 얼마 못가서 필통 안에는 몽당연필로 가득 찼다. 또 그 몽당연필은 빈 볼펜 끝에 끼워서 손에 안 잡힐 때까지 쓰고 또 썼다.

아버지가 장에 가시면 연필 몇 다스를 사와야 우리 8남매가 나누어 썼다. 그 때, 아버지는 나에게 어린 나이에 아껴 쓴다고 늘 칭찬하셨다. 또 생각난다. 그 시절에 가을 운동회 때는 달리기 상품으로 학용품이 많이 걸렸다.

우리들은 젖 먹던 힘을 다해서 달렸던 기억이 새롭다. 1등한 친구들이 얼마나 부러웠던지! 유난히 약했던 나는 코스모스 같은 다리로 달려도 달려도 선물은 받지 못했다.

그래서 소풍 때 아버지가 쌈짓돈 주시면 반은 알사탕 사먹고 반은 학용품을 사왔다. 그런 줄도 모르고 소풍갔다 오면 아버지는 빙그레 웃으시며 우리 막내딸 오늘도 먹고 싶은 것 안 사먹고 연필 사왔구나 하셨다.

그리고 그 때 그 시절에는 겨울이 오면 505 메이커 털스웨터를 입고 다녔다. 그 스웨터는 특별히 편물점에서 맞추어 입었다.

　뿐만 아니라 잘 사는 집 아이들이 입고 다녔다. 그래서 아이들이 쉬는 시간만 되면 그 털스웨터 입은 아이들 주위로 몰려들어 짓궂게 털을 조금씩 뽑았다.

　왜냐하면 뽑은 그 털을 필통 밑에 깔기 위해서였다. 필통 아래가 폭신해서 연필 촉이 부러지지 않았기 때문이다. 철없던 우리들은 여러 색의 털을 뽑아서 필통에 깔아놓고 행복해 했다.

　털스웨터 입은 아이들에게 해남 물고구마로 입막음을 하며 털 뜯던 시절이 그립다.

　털 뜯던 그 아이들은 지금 어디에서 무엇을 하고 있는지?

　나처럼 언덕길 오르면서 가쁜 숨을 몰아쉬고 있지는 않은지?

대상 받던 날

좋은 詩를 낭송하며 즐긴다는 것이 얼마나 큰 기쁨인지 새삼 느끼며 행복한 나날을 보내고 있다. 낭송공부를 하다 보니 낭송대회라는 것도 있다고 들었다.

나는 시를 좋아해서 가슴에 담고 낭송을 즐기려고 했다, 대회 같은 것은 관심이 없었다. 누구와 경쟁하는 것이 부담이고 내 본 뜻이 아니기 때문이다.

그러나 낭송공부를 하다 보니 학생들 앞에서 발표를 해야 했다. 나는 그 때마다 가슴이 두근반서근반 뛴다. 크게 호흡을 몰아쉬며 자신감을 찾아야 했다.

다행인 것은 시를 암송하는 것을 참 좋아했기에 남들이 부담스러워하는 그 부분에서는 자신이 있었다.

그렇게 1년이 지났다.

같이 공부한 학생들이 대회를 나가기 시작했다. 1차 예선이 있고, 본선이 있는데 힘든 경쟁이었다. 나 같은 경우에는 지방 사투리에 불리한 점이 많았다.

하지만 남들이 다하니 도전해 보라는 교수님 말씀도 있어서 솔깃한 마음에 준비를 했지만 번번이 예선에서 쓴맛을 보았다.

낭송을 그만두고 싶을 때가 한두 번이 아니었다. 그때마다 남편 응원 덕택에 오뚝이처럼 일어섰다. 낭송 시작하고 1년 반이 되던 때, 녹음 파일로 예선을 접수하는 데 얼마나 목을 썼던지 목 속에 결절이 생겨 말을 할 수가 없었다.

병원에서는 말을 안 해야 낫는다고 했다. 참담했다. 말을 못하니 글씨를 써서 소통을 해야 했고 남편을 다급히 부를 때는 박수를 쳐서 부르곤 했다.

때마침 추석 명절이 끼어 가족이 모였는데 말을 못하니 글씨를 써서 소통이 이루어지니 얼마나 답답했는지, 초등학교 1학년인 손녀딸은 우리 할머니 언제 말할 수 있느냐며 안타까워했다. 그 때 말 못하는 벙어리 심정을 이해하면서 정상으로 살아가는 것이 얼마나 감사한지 다시 한 번 절실히 느꼈다.

그 뒤로도 낙방의 쓴맛은 당연하게 생각하면서도 기분이 씁쓸했다. 나는 자신과의 싸움에서 지지 않고 열심히 노력했다. 길을 걸어갈 때도 마스크를 쓰고 항상 시를 외우면서 다녔고 잠자리에서도 시는 항상 친구가 되었다.

어떤 때는 잠결에도 혼자 중얼거리며 내 자신도 깜짝깜짝 놀란 적이 한두 번이 아니었다.

시詩가 좋아서 함께한 덕분에 정지용 대회에서 은상을 받았다. 노력의 결과는 이런 것이구나, 생각했다.

2016년 11월 27일 서울포엠 전국 시낭송대회 날 아침이 되었다. 왠지 꿈이 좋기도 했지만 해몽하기가 어려웠다. 오후 3시에 대회를 시작하니 일찍 서둘러 대회장에 갔다.

아무도 없고 내가 제일 먼저 도착했다. 창밖에는 첫눈이 내리고 길거리에는 첫눈을 마중 나온 연인들이 정다워 보였다. 편안한 그들이 부러웠다. 나도 그들의 무리 속에 거닐고 싶었다.

이렇게 긴장하면서 스트레스를 받아 가면서 낭송대회에 나와야 하는지? 반문하면서 초초한 시간이 흘렀다. 번호표를 기다리는 동안 긴장을 했다.

다른 대회에서 1번을 두 번씩이나 받고 제대로 낭송이 안 돼서 1번 트라우마라 할까, 걱정했는데 다행이 12번을 받고 안심했다.

내 차례가 되어 실수 없이 최선을 다하고 내려왔다. 마음을 비우고 차분히 기다렸다. 같이 대회에 참석한 선생님들이 날더러 잘했다고 칭찬이 자자했다. 기대는 하지 않았다. 빨리 끝내고 첫눈을 맞으며 사람들의 무리 속에 그냥 편안하게 거리를 걷고 싶었다.

드디어 발표가 시작되고 사람들은 술렁이기 시작했다.

장려상, 동상, 은상, 나는 눈을 지그시 감고 아무 생각 없이 멍한 순간, 갑자기 금상에 내 이름 석 자가 불리는데 내 귀를 의심했다. 그때 난생 처음 느껴본 하늘을 나는 기분, 황홀한 기쁨이었다. 나도 모르게 그 높은 무대 단상을 단숨에 올랐다. 평소에 무릎이 안 좋아서 조심스럽게 내딛던 무릎도 통증을 느낄 겨를이 없었다.

객석에서 초조하게 기다리던 교수님은 꽃다발을 안고 뛰어왔고 우리는 얼싸안고 함께 기뻐했다. 집에 돌아오니 기다리던 남편도 기뻐했다. 절망은 희망의 어머니라며, 그 동안 수고했다고 격려하면서 우리는 그날 밤 날이 하얗게 새도록 이야기하며 밤을 보냈다.

이제 금상도 받고 낭송가 인증서도 받았으니 대상 도전에 준비를 해야 했다. 도전이 시작되고 쓴맛을 보는 것도 만성이 되어가고 오직 금상과 은상을 생각하며 포엠페스티벌에 도전하기로 했다.

예선에 무난히 통과하고 본선이 다가왔다. 정말 열심히 단전호흡을 하며 매일 고시 공부하듯 했다. 옆에서 지켜보던 남편은 대단한 사람이라며 그 열정이면 서울대도 무난히 합격했을 거라고 격려를 아끼지 않았다.

드디어 본선 날 아침이 되었다. 이제는 이 대회가 끝나면 어느 대회든 끝이라 생각하며 비장한 마음으로 집을 나서려는데 남편이 같이 가서 응원할까? 하기에 부담스러워서 혼자 나섰다.

대회가 시작되고 나는 다섯 번째로 무대에 섰다. 그 전에는 무대에 서면 어리둥절했는데 차분하게 단전호흡하며 내가 연습한 대로 잘 해냈다.

객석 관객들의 반응도 한눈에 다 들어올 정도로 안정감 있게 하고 인사를 하니 심사위원들이 고개를 끄덕이던 모습도 눈에 들어올 정도로 여유가 있었다.

무대를 내려와 객석으로 가니 객석의 사람들이 너무 잘했다고 격려를 하는 사람이 많았다. 해서 편안한 마음으로 결과를 기다렸다. 드디어 결과가 발표되었다. 장려상, 동상, 은상, 금상, 대상만 남았을 때의 초조한 마음을 겪어보지 못한 사람은 그 심정을 모르리라.

대상, 대상! 사회자는 더 크게 대상을 외치고 내 가슴은 두근반서근 반 방망이질을 하는데 내 이름을 부르는 순간, 감격의 눈물이 쏟아졌다. 여우주연상을 받고 눈물짓던 여배우처럼 나는 감격의 순간이었다. 그동안 함께했던 많은 사람들과 교수님의 환한 미소가 눈앞에 어리며 곁에서 응원과 격려를 해 주던 남편과 가족들이 떠올랐다.

이 기쁨으로 이제 낭송의 고지에 섰으니 내가 필요로 하는 곳에 가서 재능기부로 詩를 낭송하리라.

시를 사랑하는 사람들에게 아름다운 시를 낭송하리라.

생일을 맞이하여

오늘은 음력 칠월 초이틀이다. 연일 35,6도를 오르내리는 불볕더위다. 폭염경보와 함께 '노약자 야외활동 자제하고 물을 자주 마시기'의 안전안내 문자가 전해지고, 열대야로 밤잠을 설치게 하는 재난급 더위다.

이렇게 무시무시한 삼복三伏에 65년 전, 내가 어머니의 탯줄을 끊고 이 세상에 나온 날이기도 하다.

내 생일이 오면, 언제나처럼 하도 더워서 적당히 넘겼지만 아이들이 자라서 결혼을 하고 보니 꼬박꼬박 챙기게 되었다.

오늘도 온 가족이 모여서 생일 케이크에 촛불을 켜고 박수를 치며 손자손녀들의 축하노래로 집안 가득 기쁨이 넘쳤다. 그런데 준비된 케이크 위에 6자가 쓰여진 초 두 개가 나를 놀라게 했다. 어느 새 66년의 세월이 흘렀구나 싶으니 잠시 주춤했다.

베란다 창문에 드리워진 커튼을 올리자, 문득 내 어머니의 한숨소리가 들리는 듯했다.

딸 여섯 명을 낳고도 아들을 얻으려고 어머니는 만삭의 몸을 풀었는데 또 딸을 낳았다.

그 때 어머니는 얼마나 서운했을까?

얼마나 기가 막혔을까?

얼마나 마음이 아팠으면 집 앞에 흐르는 개울물에 주저앉아서 자신의 피 빨래를 방망이로 힘껏 두드리며 얼마나 눈물을 흘렸을까?

들에서 돌아오신 아버지가 어머니를 찾다가 깜짝 놀라 개울로 달려가서 "이렇게 몸을 찬물에 담그면, 어떻게 하느냐"고 어머니를 업고 개울에서 나오시며, "모든 것이 하늘의 뜻"이라고 달래면서 "우리 집에 복동이가 또 태어났다"며 위로를 하셨다고 했다.

날씨가 흐린 날에는 온몸이 쑤신다며 견디기 힘들어 했던 어머니는 편식이 심해서 위험한 고비를 몇 번이나 넘기셨다고 했다.

아무것도 못 드시니까 젖이 안 나왔다.

젖이 안 나오니까 어머니는 애가 타서 울다가 아기를 바라보고 불쌍해서 또 울고, 옆집 아기엄마 젖을 얻어 먹여가며 고비를 넘기셨다고 했다.

그 해도 유난히 더위가 심했다는 말씀에 더욱 미안하고 죄스런 마음이다.

우리 어머니는 딸 일곱을 낳으면서 중간 중간에 아들을 낳았다. 아들을 낳을 때마다 하늘 가득 푸르른 꿈을 폈다.

그러나 자라면서 저세상으로 간 아들 셋을 생각하며 가끔 흥그렁 타령을 부르며 가슴을 쳤다.

비 오는 날은 더 구슬프게 "내 새끼들 비 맞으면 어떡할 거나! 비 맞으면 어떡할 거나"를 되뇌이며 뜨거운 눈물을 쏟으셨다. 그렇게 어머니의 가슴앓이는 4년 동안 어머니와 우리들을 슬프게 했다.

그 뒤로 금쪽 같은 남동생을 낳으셨다.

한편, 내가 어렸을 때 내 생일날이 오면 아버지께서 장에 갔다 오시면서 잊지 않고 알사탕 봉지를 호주머니에서 꺼내주시며 우리 복동이 태어난 날이라고 기뻐하셨다.

또 여름밤이면 들에서 베어오신 잡풀로 마당에 모깃불을 피워놓고, 8남매를 평상에 모이게 하고는 텃밭에서 갓 따온 참외 수박으로 파티를 했다.

그 시절에는 여름밤에 하늘을 보면 별똥별이 많이도 떨어졌다. 금세 후두둑 떨어지는 별똥별을 바라보며 어머니 무릎을 베고 잠이 들던 추억이 아련하다.

 딸들이 성인이 되었을 때, 가끔 어머니께서 우리를 불러놓고 "너희들이 있었기에 힘든 고비도 넘길 수 있었다"고 하시며 웃으셨다.

 또, "생명은 참으로 소중한 것이다. 너희들이 내 딸로 와서 고마웠다"며, "길을 가다 보면 좋은 길만이 아니더라. 편안하고 매끄러운 길보다는 울퉁불퉁 구부러진 길이 있고, 1년이 열흘이라면 아흐레는 비바람에 흐린 날이고, 하루 반짝 햇볕이 나더라. 그러니 삶의 길 지혜롭게 대처하고, 남에게 피해 주지 말고 항상 감사하는 마음으로 잘 살라" 말씀하셨다.

 그리고 어머니께서 세상 떠나기 전 하시던 말씀이 생각난다.

 "나는 이 아름다운 세상에 태어나 너의 아버지를 만나서 행복하게 살다 가노라"고 모든 것이 감사하다고 하신 우리 어머니!

 유독 어머니를 아끼셨던 우리 아버지는 지금 하늘나라에서 두 분이 애틋하게 사랑하시며 행복하시겠지요?

 65년 전, 무덥던 날 막내딸로 태어난 나는 당신의 마음을 아프게 했지만 당신의 타고난 건강과 올곧은 심성을 전수 받아서 넘치게 감사하며 살고 있습니다.

다시 태어나도 또 두 분의 막내딸로 만나고 싶습니다.

밤이 깊었습니다.

베란다 창문 너머로 유독 반짝이는 별 둘이 "그래 또 만나자" 손짓하네요.

그때 그 시절

- 정월 대보름 풍경

매서운 추위 속에서도 서로의 따뜻한 정이 훈훈했던 시절, 매년 음력 설 때면, 내 어릴 적 고향 마을의 이모저모 추억들이 줄지어 떠오른다.

1950년대 후반에서 1960년대 초반으로 기억된다. 식량이 귀하고 배고픈 시절이었다. 해남읍에서 가까운 신안리 마을은 300호가 넘는 큰 마을과 작은 마을 사람들이 자자일촌으로 같은 성씨와 타 성씨가 섞여 살았다.

그 때는 지금처럼 물자와 먹을거리가 풍부하지 않았다. 그래서 명절은 아이들에게 손꼽아 기다리고 기다렸던 기쁜 날이었다.

어른들도 명절만큼은 맛있는 음식도 먹고 쉬면서 윷놀이와 제기차기 등 민속놀이, 전통놀이를 즐기면서 동네 사람들이 화합하는 날이었다.

그 시절 속에 아직도 생생하게 기억나는 것이 있다. 설을 앞두고 한 달 전부터 어머니는 설빔을 준비하시느라 분주했다. 손수 짠 명주 천에 색색 물을 들이고 다듬이로 몇 날밤을 두드려서 곱게 손질한 다음 하나뿐인 남동생 한복과 우리 칠공주의 빨강치마와 노랑저고리를 만

65

들었다.

특히 저고리에는 약간의 솜을 넣어 따뜻하게 지으시던 어머니의 모습은 늘 어린 가슴을 설레게 했다. 거기에다 예쁜 꽃고무신은 밤잠을 설치게 했다.

그리고 무지개 색깔의 유과도 일품이었다. 찹쌀을 불려서 15일 정도 삭힌 다음 쪄서 절구에 찧어서 꽃모양을 만들어 밀가루로 분을 묻혀서 뜨거운 방바닥에 밤새도록 뒤집으며 말린 후, 그것을 참숯불에 구워서 조청을 발라 통벼를 튀긴 튀밥에 묻히면 예쁜 유과꽃송이가 되었다. 기름에 튀기지 않아서 고소하고 담백한 맛은 지금도 잊을 수 없는 어머니표 유과였다.

그 시절에 그렇게 맛있는 과자는 없었다. 큰 채반 몇 개가 선반 위에서 화려한 꽃을 피울 때면 우리들의 눈과 입은 정월 초하루부터 대보름날까지 내내 행복했다.

또 설날이 가까워지면 동네 정미소에서는 가래떡 뽑기에 분주했다. 집집마다 항아리 같은 큰 시루에 고두밥을 찐다. 따끈할 때 기계 속에 넣어야 떡 입자가 곱다고 하여 온도를 유지하기 위해서 이불이나 까만 솥뚜껑을 덮고 부랴부랴 달려가면 동네 방앗간 앞은 진풍경으로 장사진을 이루곤 했다. 기계틀에서 김이 모락모락 나는 기다란 가래 떡이 나오면 어른 아이 할 것 없이 한 가닥씩 들고 호호 불며 먹던 시절이 그립다.

설 전날에는 참쌀 고두밥에 번추와 제비쑥을 넣어 절구에 쳐서 콩가루를 묻힌 인절미는 쑥떡과는 비교할 수 없이 차지고 맛이 있었다. 일년을 기다리게 하는 최고의 별미였다.

설날 아침에는 온 가족이 떡국을 먹는다. 떡국을 먹고 나면 남자들은 마을 어른들께 세배를 드리려고 집을 나선다. 어머니는 집에 오는 손님들에게 준비한 음식을 교자상에 가득 차려서 대접했다. 온종일 손에 물이 마르지 않았다.

그 다음날은 떡국과 다과상을 채반에 차려 들고 집안 어른들에게 한 해의 건강과 행운을 기원하며 세배를 다녔다.

정월대보름 전날은 재미있는 풍경이 벌어진다. 집집마다 오곡밥을 해서 따끈하게 아랫목에 묻어놓고 기다리는 사람들이 있었다. 하나의 풍습으로 소년소녀들이 밥과 나물, 김치를 얻으러 다녔다. 7명 10명씩

팀을 구성하여 다녔다.

그럴 때, 친구들은 꼭 나를 앞세웠다. 그리고 사립문을 열어주며 나에게 먼저 큰 소리로 "밥 좀 주시오"를 선창하게 하고, 그 다음에 친구들이 다 함께 큰소리로 "밥 좀 주시오"를 외쳤다. 그 때는 왜 나를 앞세우냐고 싫다고 했지만, 알고 보니 이유가 있었다.

사립문 안에 들어선 우리를 보고 집주인이 주걱으로 밥을 푸면서 호롱불 아래로 누구 집 자손이 외쳤는지 살핀 후, 얼굴을 보고 한 주걱 줄 것을 두 주걱 주고, 나물과 김치까지 덤으로 주기 때문이었다. 나를 보면 "오! 부잣집 막내구나! 너도 우리 집 밥이 먹고 싶었냐"고 하며 푸짐하게 주고 땅속에 묻어둔 잘 익은 김장김치까지 꺼내주기 때문이었다.

찹쌀이 많이 들어간 밥을 준 집은 조금 더 달라고 애교를 부리던 친구도 있었다. 우리들은 얻어온 음식을 가지고 한 집으로 모여서 큰 양푼에 참기름을 넣고 잘 비벼서 머리를 맞대고 먹으며 밤이 새도록 깔깔댔다.

보름날 아침에는 아이들이 참채를 들고 집을 나섰다. 성씨가 다른 세 집에서 밥을 얻어먹으면 그 해 건강과 복이 온다고 하여 밥을 얻으러 다녔다. 정이 많으신 우리 어머니는 큰 시루에 찰밥을 많이 쪄서 푸짐하게 나누어 주었다.

또 보름날 밤에는 아낙네들이 고운 한복을 입고 우리들은 설빔을 입고 동네 어귀로 모두 모여서 보름달을 보며 소원도 빌고 손을 잡고 강강술래를 하며 발맞추어 뛰고 나면 추운 겨울밤에도 땀에 젖곤 했다. 밤에는 절대로 문밖에 못 나가게 하셨던 어머니도 보름날 밤만은 예외였다.

돌이켜 생각해 보니 배고픈 시절이었지만 문화도 즐기고 정도 나누며 따뜻한 인심까지 주고받던 그때가 그립기만 하다.

그때 그 시절 큰 양푼에 밥 비벼서 머리 맞대고 깔깔대던 아이들은 지금 쯤 어디에서 무얼 하며 살고 있을까? 정 나누던 시절을 기억이나 하고 있는지? 정월대보름달은 저리도 환하게 웃고 있는데….

3 부

조롱박

날개

1960년대, 내 고향 땅끝마을엔 초가지붕 처마 밑마다 제비집이 있었다. 춘삼월이 되면 어김없이 아빠제비 엄마제비가 날아와 논두렁에서 흙을 짓이겨 입에 물어다가 집을 짓는다.

그래서 지붕 아래는 언제나 지저분하다. 집이 완성되어 편안한 보금자리가 마련되면 퍼드득퍼드득 날갯짓 소리에 봄이 무르익어간다. 온 동네에 살구꽃 향기가 흩날리면 뒷동산 뻐꾸기는 소나무 숲속에서 산 너머 바라보며 뻐꾹뻐꾹 울어댄다.

들녘에 누렇게 익어가는 보리내음이 향기로울 때쯤 제비집에서는 새 식구가 태어나고, 그 새끼들이 노란 주둥이를 쩍쩍 벌려대면 아빠제비와 엄마제비는 먹이를 찾아 나르기에 바빠진다.

밤이 되어 새끼들이 잠자리에 들면 엄마제비는 날개를 활짝 펼쳐서 둥지를 덮어주고 아빠제비는 제비집 바로 옆에 밀짚모자 걸어 놓은 못 위에서 꾸벅꾸벅 위태로운 잠을 잔다. 엄마 날개 밑에서 아기제비들은 마냥 행복하지만, 엄마제비는 밤새도록 그 날개가 얼마나 아팠을까?

호롱불 켜던 그 시절 우리 집 넓은 마당에는 갖가지 나무가 있었다.

여름이면 풋과일이 영글고 그 아래로는 채송화, 민들레, 봉숭아꽃이 뜰에 가득 피어 아련하다.

뿐만 아니라 마당에는 도톰한 철사 빨랫줄이 가로 놓여있었다. 여름이면 하얀 모시옷을 그 빨랫줄에 널었다가 해질녘이면 걷어다가 무쇠 숯다리미로 두 사람이 양끝을 잡고 조심스럽게 다리미질을 했다. 특히 모시옷은 쌀풀을 강하게 먹이고 손질을 많이 해야 곱게 입을 수 있었던 옷이었다.

당시 체격 좋고 미남이신 우리 아버지와 날씬하신 우리 어머니는 잠자리 날개 같은 하얀 모시옷을 즐기셨다. 곱게 쪽찐 머리에 노란 금비녀가 멋스럽던 단아한 어머니의 모습이 지금도 눈에 선하다.

어린 시절 명절이 가까워지면 어머니는 매우 분주하셨다.

일곱 딸의 명절빔을 준비하느라 얼마나 즐거워하셨던가?

하얀 명주 옷감에 색색 곱게 물을 들이고 약하게 풀을 먹여 밤새도록 다듬이질을 하셨다. 그럴 때면 적막을 가르는 다듬이소리도 흥겨웠다.

어머니가 만들어주신 예쁜 한복을 입고 얼마나 행복했던지, 둥근달이 떠오르면 달님에게 자랑도 하면서 동네 아이들과 손에 손을 잡고 강강술래를 하며 뛰놀다 보면 달이 지는 줄도 몰랐다.

우리 어머니는 얼마나 힘드셨을까? 내가 어머니 자리에서 생각하니 명절이 얼마나 부담스러운지 이제야 실감이 난다. 문득 아빠제비 엄마제비의 새끼 사랑을 생각하면서 나도 어머니의 날개 아래서 행복했던 그 큰 사랑에 새삼 감사한다.

그 때, 교훈처럼 하시던 말씀이 지금도 귓전에 맴돈다.

'사람은 의복이 날개란다. 죽어서도 생전에 입던 옷을 입고 다닌다니, 헌옷도 깨끗이 빨아서 언제나 단정하게 입어야 하느니라.'

아련한 어머니의 교훈을 떠올려 본다.

둥지

1975년 벚꽃이 한참 아름다울 때, 나는 4월의 신부가 되었다.

결혼과 동시에 서울에서 신접살림을 차렸다. 북가좌동 산동네 방 한 칸에 조그만 부엌이 전부였다. 신랑의 작은 봉급의 반은 방값으로 나가고 반은 생활비로 허리띠를 졸라매야 살았다. 겨울이면 벽 반쪽은 하얀 성에가 끼고 연탄아궁이 불은 겨울의 한기를 쫓기에도 역부족이었다.

벽장에 올라가서 천정을 보면 버리고 싶은 판자가 엉성히 깔려 있고, 그 위에 기와장이 덮여 밤에는 별이 보일 정도였으니 단열이 아니라 비가 새지 않는 것이 다행이었다. 그래서 아기 기저귀는 방안 가득 천정을 가려서 반쯤 얼어 있었다.

그래도 콩나물 20원어치에 행복을 담던 시절이었다. 연탄 화덕 두께비 위에는 뚝배기 된장이 보글보글 가족을 기다렸다.

언덕 아래 길 옆에 있는 우리 방은 늘 사람들의 구둣발소리로 분주했다. 그 중에도 나는 신랑 구둣발소리에 두 귀를 열어놓고 기다리다가 쪽문을 똑똑 두드리면 얼마나 반가웠던지 지금도 그 소리가 귓전을 맴돈다.

아이가 둘이 생기고 보니 방이 너무 좁아서 이사를 하려고 복덕방을 찾아다녔다. 그 시절은 요즘같이 대규모의 부동산중개소가 아니고 할아버지들이 담뱃값 버는 복덕방이었다. 여기저기 다니다 보면 아기가 있느냐부터 물었다. 아이들이 두세 명만 되어도 방 얻기가 힘들 때였다.

드디어 결혼 2년 8개월 만에 망원동 골목에 작은 연립주택을 융자를 얻어 겨우 장만했다. 계약을 하고 얼마나 행복했던지, 전등불도 잘 안 켜진 2층 시멘트 계단을 몇 번씩 오르내려도 즐겁기만 했다.

잠자리에 들어 살며시 눈을 감으면 어느 궁전이 이렇게 좋을까? 비록 8평짜리 연립주택이지만, 우리에겐 어느 저택에도 비할 수가 없었다.

내 생에 최고의 잊을 수 없는 소중한 첫 둥지였다.

쌀쌀한 가을에 이사 오던 날 세상의 행복이 다 우리 집에 와 있는 것만 같았다. 변기 하나 있는 화장실은 왜 그렇게 근사한지…. 우리 식구 신발이 놓여있는 현관이 왜 그리 좋은지….

문 열면 바로 문턱에 앉아서 옷과 양말, 아기 기저귀 식구들의 손빨래는 즐겁기만 했다. 좁아도 좁은 줄도 모르고 콧노래 부르던 시절, 돌이켜 생각해 보면 그 작은 행복이 나에게는 큰 교훈을 준 소중한 시절이었다. 작은 베란다에는 가을 풀꽃 화분이 한들한들 춤추고 옹기 그릇 몇 개가 오순도순 고향의 맛 자랑까지 뽐낼 수 있었다.

작은 기둥에 매단 빨랫줄에 둘째아기 기저귀는 가을바람에 하얗게 춤을 추었다. 작은 거실에 보라색 국화꽃무늬 커튼은 어느 궁전을 옮겨다 놓은 듯 노을 속에 물들고, 그 국화꽃 향기는 온 집안에 가득 찼다. 세상에서 그렇게 예쁘고 향기로운 커튼을 본 적이 없었다.

어느 날 신랑 친구 분이 이사 왔다고 오셨다. 나도 모르게 커튼 자랑을 하면서 이렇게 예쁜 커튼을 보셨냐고 물었다. 그 댁은 잘 나가는 사장님이기에 사는 것도 우리와는 비교도 안 되었다. 나중에 생각하니 그분이 속으로 얼마나 웃었을까 싶어 부끄러웠다.

그렇게 힘든 줄도 모르고 살던 그 시절. 아침이 되면, 우리 두 아이는 작은 베란다에 나가서 노래를 부르고 앞집 숙영이를 부르며 동네 아침을 깨웠다. 입에 쭈쭈바를 물고, 두 형제가 아장아장 손잡고 걷던 그 골목길이 눈에 선하다.

어느덧 내 아이들이 그때 내 나이를 훌쩍 넘어 40이 되어가니 세월은 유수와 같단 말이 실감난다. 아직도 망원동 작은 골목 내 첫 둥지인 보금자리는 평수가 워낙 작아서 재개발을 못하고 낡아버린 째 수십 년의 세월이 그대로 있다. 가끔은 추억 속으로 들어가 본다.

요즘도 어쩌다 그 때 이웃에서 함께 살던 그분들을 만나면, 그때 쪽마루 끝 햇살에 행복해 하던 모습이 눈에 선하다며 '훈이 엄마 지금도 27세이지요?' 하고 함께 크게 웃는다.

그 후, 더 좋은 집으로 옮겨 살았지만, 첫 둥지처럼 그 행복을 느끼지는 못했다. 어려움 속에서도 순수한 행복을 느낄 수 있는 것은 삶이 준 소중한 경험이었다.

어미닭

따뜻한 봄날! 햇살 가득한 넓은 뜨락에서 노랑 병아리 여남은 마리가 서툰 걸음마를 뒤뚱거리며 쪼르르 달려가 어미의 행동을 따라하고 있다.

또 어미닭은 위험한 상황이거나 비라도 내리면 날개를 활짝 펴서 병아리들을 품고 행여 빗방울에 젖을까 한사코 몸을 움츠린다.

병아리가 어미닭 품속에서 날개 틈 사이로 겁 없이 머리를 내밀고 세상을 기웃거리면 어미닭은 꾸꾸 소리를 내며 새끼 머리를 어미 품속으로 밀어 넣기도 한다.

비를 흠뻑 맞으면서도 새끼를 지키려는 어미닭의 모습에 감동 받으며, 그 병아리가 커서 어미닭 품 밖으로 내보내지고, 어느 순간 어미닭은 늙고 윤기 잃은 깃털 몇 개가 날개옷이 되어 비를 맞고 있을 때, 갑자기 초라해진 어미닭의 모습을 보고 나는 나와 내 어머니가 떠올랐다.

막내인 나를 유독 사랑하셨던 내 어머니는 내가 둘째아들을 낳았다는 소식에 천릿길을 달려 오셔서 내 산후 조리를 해 주셨다. 요즘은 산후조리원이 있지만, 40년 전에는 집에서 산후조리를 했었다.

그 때, 시골에서 올라온 시동생 빨래까지 하시고 참참이 미역국에 산모수발까지 20일을 하시는 동안 얼마나 힘드셨는지, 내가 어머니를 불러도 대답이 없었다. 부엌을 살며시 들여다보니 어머니가 씽크대에 허리를 구부리고 눈시울을 훔치시더니, "아가! 나 이제 우리 집에 갈란다" 하셨다. 나는 어머니를 붙잡고 함께 울었다.

나는 어머니가 가신다는 말씀에 서운해서 울고, 어머니는 몸이 힘들고 막내딸이 안타까워서 울었다. 그때, 70이 넘은 어머니가 힘들 거라는 걸 왜 그렇게도 몰랐는지…. 그냥 가신다는 말에 서운하기만 했다.

어느 해인가, 돌아가시기 1년 전의 일이다.

어머니는 발을 헛디뎌 골반 뼈가 부러져서 몸을 마음대로 움직이지 못하고 목발을 의지하고 살 때였다. 거리에 가랑잎이 뒹구는 쓸쓸한 어느 가을 날, 전화벨이 울리고 낯선 여자의 목소리가 들려왔다. 잠시 후 "아가, 나다" 꿈인가 생시인가 어머니 목소리였다. 우리 집 근처 버스 종점에서 어떤 아주머니의 도움을 받아 전화를 했던 것이다. 나는 단숨에 뛰어갔다.

어머니는 어느 집 대문 앞에 목발을 내려놓고 보따리 몇 개를 보듬고 계셨다. 나는 어머니에게 연락도 없이 몸도 불편한데 어떻게 오셨느냐고 물었더니 갑자기 내가 보고 싶어서 새벽에 나왔더니 해질녘이 됐다고 하셨다.

막내딸이 새집을 사서 이사를 했다 하니 얼마나 보고 싶은지 큰마음 먹었다고 했다.

집에 와서 보따리를 풀어보니 고춧가루, 참기름, 참깨, 마늘 등 김장철은 다가오는데 행여 김장 못할까 봐서 걱정되셨던 것이다.

나는 보따리를 펼치다 말고 눈물이 쏟아졌다. 천릿길을 한쪽 다리로 어떻게 오셨는지…! 어머니의 힘은 대단했다. 마치 날개 잃은 어미닭이 새끼병아리를 품듯, 한 쪽 날개로 끝까지 낡아가는 깃털 몇 개로 8남매를 품던 내 어머니!

그 1년 후에 어머니가 많이 편찮으시단 전화를 받고 급히 내려갔다. 어머니는 너무 쇠약해지셔서 링거도 몸에서 받지 못할 정도였다. 어머니는 조용히 말을 하시면서 "네가 온다고 해서 새벽부터 벽시계를 쳐다보다 지쳤다"고 했다.

하기야 그 때는 서울에서 해남 땅끝마을까지 8시간이 소요되었으니 얼마나 기다리다 지치셨을까?

뼈마디에 살가죽이 덮인 어머니는 침대에 반듯하게 누워서 내 손을 꼭 잡고 마른 입술을 떨며 "이제 엄마는 떠날 때가 됐구나. 나 없이 어려운 세상을 어찌 살 거나. 너도 딸이 있었으면 좋으련만, 내 딸아, 보기도 아까운 내 딸아" 하시며 도리어 내 걱정을 하셨다. 어머니는 내게 당신이 누워있는 침대를 들춰 보라셨다.

"왜 기저귀 갈아드릴까요?"

"아니다."

몸을 한쪽으로 애써 돌리시더니 침대 매트 밑에 하얀 봉투 2개를 손짓 했다.

나는 깜짝 놀라 "엄마 이건 뭔데?"

"너가 서울에서 품 들여오는 것도 미안한데 차비는 줘야 될 것 아니냐"며 어머니 뵈러 오는 자식들에게 차비를 준비해 놓으셨던 것이다.

어머니는 내게 맨 위에 두툼한 봉투를 집으라셨다. 나는 울면서 "지금 이게 뭐가 필요하는데…. 엄마는 왜 나를 더 아프게 하느냐"며 뿌리치자. 부엌에서 다른 사람이 듣는다고 눈짓을 하시며 내 손에 꼭 쥐어주시고 마지막 작은 사랑으로 생각하라 하셨다. 봉투 안에는 새 지폐로 어머니의 마음이 가득 담겨져 있었다.

그 얼마 후, 가을이 지나고 겨울이 깊어갈 때쯤, 온 세상이 은빛으로 덮인 어느 날 새벽에 어머니는 조용히 눈을 감으셨다.

나는 지금 어머니에게 받았던 사랑을 내 두 아들에게 똑같이 어미닭의 모습으로 살고 있다. 하지만 두 아들은 나에게 말했다. 이제 엄마 삶이 있으니 자식 걱정 말라고.

그러나 어디 그런가요? 아침밥은 먹고 출근을 하는지? 반찬은 떨어지지 않았는지? 싸우지 않고 사는지? 공연한 걱정에 가슴이 탄다. 두 아들의 먼 앞날까지 생각하며 늘 무언가 채워 주고 싶은 이 어미의 마음을 자식들은 알까?

오늘은 나도 모르게 며느리들이 좋아하는 밑반찬을 준비하면서 내 두 아들이 조금이라도 편안하게 살기를 바라는 나의 간절한 마음까지 담으며, 문득 어떤 詩 구절이 생각났다.

"엄마는 주고 아프고, 자식은 받고 모자라고…"

지금의 나도 다 낡아서 윤기 잃은 깃털 몇 개로 품 떠난 자식들을 혼자 품고 품으며 옛날 내 어머니의 모습으로 낡아가고 있다.

다가오는 추석에는 천릿길 달려가서 성묘를 하고 마음속 어머니의 품에 안겨 지난날 어머니의 품속은 너무 따뜻했노라고, 뒤늦은 감사의 마음을 꼭 전하고 싶다.

어머니 사랑합니다.

조롱박

따뜻한 봄날, 우리 집 옥상 처마 밑에 조금 큰 화분에다 박씨 몇 알을 심었다. 싹이 틀 때가 한참 지났는데 싹틀 기미가 안 보였다.

며칠 후, 고추 모종을 심을까 하고 들여다보니 뾰조록하게 움이 터서 모자처럼 볼록하게 고개를 내밀고 있었다. 어찌나 반가운지 아기 다루듯 조심스레 물을 주고 아침마다 눈인사로 쓰다듬었다. 화분에서 자란 어린 싹을 보니, 땅 맛을 못 보아서인지 영양분이 부족한 듯하여 안타까우면서도 소중한 우리 가족의 일원이 된 것이 기뻤다.

날이 따뜻해질수록 하루가 다르게 무성해지고 가느다란 넝쿨손을 뻗으며 살아남기 위해서 안간힘을 쓰고 있다. 우리 부부는 옥상 처마 밑에 가느다란 줄을 엮어서 그물망을 만들어 어린 줄기가 쉽게 올라가도록 해놓고 그 밑에서는 우리 손주들이 조롱박을 쳐다보며 놀 수 있게 의자도 만들어 놓았다.

5월 중순이 되자 저녁이면 제법 무성해진 박잎이 푸른 달빛을 받아 쑥쑥 자랐다. 하얀 박꽃이 피고, 낮이면 꽃그늘을 드리워 도심 속에서 그 옛날 추억을 떠올리게도 했다.

드디어 꽃 진 자리에 조롱박이 열렸다. 아기가 태어날 때, 배꼽을 달고 나오듯이 아기 조롱박도 탯줄인 양 배꼽에 마른 꽃술이 매달려 있다. 솜털이 보송보송한 살갗은 행여 누구의 손이라도 탈까 봐서 몸을 움츠리고 있다.

처음에 열린 박은 어쩌나 모양이 예쁘고 늘씬한지 꼭 나를 닮았고, 두 번째 열린 박은 배만 불룩한 배불뚝이 우리 남편을 닮았다고 남편과 나는 박나무 그늘에 앉아서 서로의 모습에 비하면서 그럴싸하게 맞다며 마주보고 웃었다.

세 번째 열린 박은 심상치 않게 빠른 속도로 자라더니, 쌍둥이를 가진 양, 무겁게 대롱거리는 모습이 받쳐주지 않으면 금세라도 유산할 듯이 위태로웠다. 조바심에서 똬리를 만들어 받쳐주니까 고맙다는 듯 벙실벙실 웃는다. 나는 시간 나는 대로 옥상에 올라가서 제법 둥글게 자란 조롱박과 대화를 했다,

"그래 힘들지? 비좁은 화분 속에서 발 뻗기조차 힘이 들 텐데 이렇게 무럭무럭 자라주니 고맙고 미안하구나. 너를 보면 보고 또 보아도 보고 싶은 우리 손자 재롱 보듯 예쁘고 사랑스럽단다."

나는 박나무 맡에서 중얼거리는 시간이 길어졌다.

조롱조롱 조롱박은 한 줄기에서 태어났지만 하나같이 다르다. 사람도 한 뱃속에서 태어나도 형제자매가 모두 다르듯이….

며칠 장맛비를 맞더니 하루가 다르게 몸이 불어갔다. 만삭이 되어가는 조롱박을 보며 자연의 신비를 실감했다.

어느 날, 초등학교 1학년인 손녀딸이 놀러왔다. 조롱박 그늘에 앉아서 "할머니 조롱박이 이렇게 열려요?" 하며 신기해 하기에 옛날 흥부 놀부 이야기를 해 주었더니 "저도 책에서는 보았지만, 실제로 박을 보면서 할머니의 이야기를 들으니 실감이 난다며, 이 박속에서 금은보화가 나오면 우리도 부자가 될 수 있겠다"고 한다.

그리고 이 조롱박이 커서 바가지가 되면, 거기에다가 꼭 물을 떠서 마시겠다고 한다. 어쩐지 건강해질 것 같다면서…. 손녀는 어려서 잔병치레를 자주 했던 터라 몸이 약해서 병원을 자주 다녔기에 장래 약사가 되겠다고 꿈을 말했다. 일찍이 건강의 중요성을 느낀 것 같다.

내가 손녀 나이쯤으로 기억된다. 나의 어머니는 집 뒤뜰 울타리에 조롱박과 큰 박을 심어놓고 박꽃으로 박나물을 즐기셨다. 나는 어릴 적 먹던 그 박나물의 맛을 잊을 수가 없다.

그리고 바가지를 만들어서 생활도구로 사용했던 그 때 바가지는 집집마다 긴요한 생활필수품이 되었다. 표주박은 쌀뒤주나 큰 간장항아리에 애첩처럼 따라다녔다.

뿐만 아니라 특별한 장난감이 없던 시절이라 조롱박은 아이들의 소꿉놀이 하는데 많은 사랑을 받았다. 1960년대 보릿고개 시절 해질녘이면 바가지를 들고 곡식을 꾸러 다니던 가난한 사람들도 있었다. 그 시절 그 모습들이 지금도 눈에 생생하다.

이제 가을이 오면 우리 집 옥상에 배부른 조롱박이 몸을 풀겠지. 그 날은 온 가족이 모여 앉아서 톱질을 하며 손녀와 손자의 기억 속에 색다른 추억의 한 장을 마련해 주리라.

수박과 참외 이야기

1960년대 나의 어머니는 밥보다 과일을 더 좋아하셨다.

냉장고가 없던 시절이라 아버지께서는 5일장을 기다렸다가 자전거 뒤에 수박과 참외를 사오셨다. 그러던 어느 해인가 내가 여섯 살쯤 되었을 때로 기억된다.

그 시절에는 짚으로 원두막을 지어놓고 밭을 지키며 수박과 참외를 사고팔았다. 시골 사람들은 여름에 밭일을 하다가 힘들면 유일하게 원두막을 찾아가서 수박과 참외를 사먹으며 한여름 더위를 식혔던 기억이 난다.

어느 날, 어머니는 막내인 나를 데리고 친구들과 원두막 수박밭에 가자며 길을 나섰다. 그 때 기억으로 야산 중턱에 있는 수박밭이었다. 한참을 올라가서 원두막에 이르니, 주인은 없고, 수박밭을 스쳐온 상큼한 바람이 우리를 반겼다.

땀을 식히며 주인을 기다렸지만 한참이 지나도 주인 할아버지는 오시지 않았다.

그 분은 동네에서 호랑이 할아버지로 소문난 무서운 분이셨다. 그 때, 장난기 많은 어머니 친구 나주댁이 목말라 죽겠다며 "안 되겠다

내가 수박밭에 내려가서 하나 따올게" 하더니 잠시 후 커다란 수박을
안고 오셨다.

　나주댁은 주위를 한 번 둘러보고 나서 영감님 오시기 전에 치우자며
주먹으로 힘주어 내려치니 빨간 속살을 드러낸 잘 익은 수박이 여러
조각으로 나뒹굴었다.

　어머니와 친구들은 깔깔대며 아무렇게나 조각난 수박을 서로에게
나누어주며 나에게도 커다란 수박조각을 주셨지만 나는 절대 받지 않
았다.

　순간 나는 어린 마음에 주인이 없는 사이에 수박을 따온 게 도둑이
라고 생각했던 것이다. 어머니는 나에게 "얼마나 목마르냐? 엄마가 있
으니 먹으라"고 누차 권했지만 나는 끝내 먹지 않았다.

　어머니 친구들은 나를 향해서 "정말 정직한 딸이구나! 아이가 보는
데, 우리가 재미로 했는데, 부끄럽다"며 목말라도 조금만 기다려야 했
었다면서 서로 쳐다보며 멋쩍어 하셨다.

　잠시 후, 주인 할아버지가 돋보기를 코끝에 걸치고 노란 삼베바지
저고리를 입고 긴 담뱃대를 입에 물고 올라오시며 "아유 내가 점심 먹

으러 내려간 사이에 오셨구려” 하며 미안해 하셨다.

나주댁은 할아버지에게 “주인 없는 사이에 하도 목이 말라서 수박을 미리 따서 먹었노라”고 이실직고하였다. 그리고 나를 쳐다보면서 “기와집 막내딸은 주인 없는 수박을 따왔다며 절대 안 먹었다”고 하자, 할아버지는 껄껄 웃으시며 “정직도 하지. 누가 지 아버지 딸 아니랄까 봐” 하시며 커다란 수박 두어 통을 따다가 숭덩숭덩 썰어놓았다.

나는 그때서야 정신없이 먹었다. 목이 많이 마르던 차에 주인이 주시니 편안한 마음으로 정말 맛있게 먹었던 기억이 생각났다.

어머니 친구들이 나를 보더니 “얼마나 먹고 싶었겠느냐? 우리가 배워야 한다”고 모두 한바탕 웃으셨다. 할아버지는 내 마음이 기특하다 하시며 어머께 수박 한 덩이를 선물로 더 주서서 받아왔다.

저녁에 들에서 베어온 잡풀로 모깃불을 피워놓고, 온 가족이 평상에 모여 앉아서 수박 파티를 하며, 어머니께서 낮에 있었던 이야기를 하시니 아버지께서는 호탕하게 웃으시며, “그래 우리 막내 정직한 마음이 너무 이쁘다”며 항상 바른 마음으로 살아야 된다고 하시며 행복해 했던 그 때의 웃음소리가 귓에 쟁쟁하다.

그 후, 동네에서는 밭고랑에서나 논두렁에서 모여 일을 하다가도 내 이야기가 화제가 되어 몇 년 동안 밭이랑 논이랑을 누비며 착한 아이로 소문이 났다.

나는 그 옛날을 생각하면서 우리 집 옥상에 작은 텃밭을 일구어 수박과 참외를 심었다. 수박과 참외는 땡볕에 작은 몸으로 뿌리를 내려서 자기 몫을 다하려고 몸부림치며 노란 꽃을 피우고 벌 나비를 불러들여 열매를 맺었다.

나는 참참이 옥상에 올라가서 물과 퇴비를 주며 "그래 잘 자라거라" 말을 하면, 어느 새 또 열매를 맺는다. 수박 두 덩이가 열렸다. 신기하기도 하고 사랑스러워서 날마다 커가는 모습을 폰에 담았다. 장맛비를 맞고는 자고 나면 몸이 붇고 선명한 푸른 골이 생겨나서 수박의 원형을 볼 수 있었다.

한편 참외밭에는 조랑조랑 어리고 푸른 참외 수십 개가 여름 땡볕에 몸을 익히면서 누구의 손이라도 탈까 봐서 까칠한 잎을 곧게 세우고 사람의 접근을 막고 있다. 모두 자연의 이치이다.

초등학교 1학년 손녀딸이 "할머니 수박 참외가 이렇게 열려요?" 하면서 신기해 하고, 세 살짜리 손자는 그 고사리 같은 손으로 자꾸 만지고 싶어 해서 "만지면 아야 한다. 이것이 수박이고 이것이 참외란다" 하면 알아듣는 척 고개를 끄덕이고 노랗게 익어 가는 참외를 보며 환호를 하기도 했다.

참외 두 개가 먼저 익어서 갓 따다가 먹으니 옛날 맛이 입속에서 맴돌았다.

세 살짜리 우리 손주는 숟가락으로 살살 긁어 먹여주니 맛있다고 고개를 끄덕이며, "할무니 얌냠" 맛을 아는 듯 계속 재촉하며, 고사리 같은 엄지손가락을 세우고 최고 표시를 했다.

수박이 익으면 우리 가족 여덟 명이 옥상 평상에 모여앉아 어릴 적 나의 정직했던 옛날이야기를 꼭 들려주리라 다짐해 본다.

토마토 꽃 피던 날

하얀 솜눈이 포근하게 내려 온 세상을 동화나라로 만들던 12월 중순이다. 우리 집 거실 화분에 토마토나무 위에로 쌀알만 한 노랑꽃이 만발하고 아래쪽에는 아기 주먹만 한 토마토 26개가 주렁주렁 매달려 윤기가 흘렀다.

이 토마토나무는 올해 늦가을에 우리 집 옥상 양지쪽 화분에서 잡풀 속을 헤치고 위로 솟아 꽃을 피웠다. 아마도 토마토를 먹고 버린 씨가 떨어져서 싹이 튼 모양이었다.

헌데 예사롭지 않게 실하게 자라서 꽃을 피우더니 열매를 맺는 속도가 빨랐다. 양지쪽이라 그러려니 생각하고 그냥 스쳤다.

기온은 하루가 다르게 내려가고 옥상 텃밭도 가을 정리를 했다. 화분도 한쪽으로 덮어 두었다. 봄에 각종 채소를 심어 먹으려면 정리를 해야 되는데, 겨울이 오는 것도 두렵지 않다는 듯 실하게 열매를 매달고 있었다.

안타까워서 어쩔거나? 옥상에 오를 때마다 눈길만 주고 내려오는데 문득 저러다가 갑자기 영하로 내려가면 어쩌지? 먹든 안 먹든 얼어 죽는다고 생각하니 마음이 아팠다.

그렇게 며칠이 지났다. 저녁 뉴스시간에 내일 아침에는 첫추위로 영
하 5도까지 내려간다고 했다. 마침 남편이 여행 중이라 나 혼자 어떻
게 해야 할지 몰라서 옥상을 오르락내리락 하며 비닐로 씌워놓을까?
이불로 덮어놓을까?

생각 중에 중간 화분으로 옮겨 심어야겠다고 생각하고 뿌리 부분의
흙을 그대로 옮기려고 전등을 켰다. 조심조심 심고 보니 열매가 많이
달려 옮기는 것도 만만치가 않았다. 온힘을 다해서 안으로 옮기고 보
니 얼마나 신경을 썼던지 몸살이 났다.

다음날 아침 기온은 일기예보대로 영하 5도였다.

얼마나 다행인지 몰랐다. 죽어가는 생명을 구한 듯 마음 흐뭇했다.
그냥 두었으면 어쩔 뻔했겠는가? 생각만 해도 아찔했다. 화분을 조심
스레 옮기고 막대 2개를 세워서 기둥을 만들어 26개의 손주 주먹만한
토마토를 받쳐 주고 묶어주니 안심이 되었다.

아침 창가의 햇살이 따뜻했다. 토마토 열매는 고맙다는 인사라도 하
듯이 윤기가 흐르고 싱싱해 보였다. 한편 토마토 위쪽에는 노랑꽃이
만발하여 많은 열매를 맺을 기세다. 벌 나비 대신해서 붓으로 수정을

시키며 자연의 신비를 느꼈다.

토요일 정오에 온 가족이 모여서 점심 식사를 하던 날, 토마토나무를 보고 손주들은 손뼉을 치면서 신기해 하고 며느리들은 "어머니, 토마토가 이렇게 열리네요. 어떻게 이렇게 많이 열리는 토마토는 처음 보네요" 하며 신기해서 폰으로 찍고 아이들은 만져보고 들여다보며 마냥 기뻐서 어쩔 줄 몰라 했다.

순간이나마 손주들에게 자연 공부도 됐다. 식물을 잘 기르지 못한 나도 이렇게 사랑으로 키우면 잘 자라겠구나 생각하면서 생명의 소중함을 느끼기도 했다.

내가 어릴 적에 우리 집 뒤뜰 장독대 옆에는 늘 키가 큰 토마토나무 몇 그루가 있었다. 어머니는 밥보다도 과일을 더 좋아하셨기에 넓은 뜰에는 종류별로 계절 따라 과일나무가 있었다.

대문밖에는 은행나무, 복숭아나무, 살구나무, 뜰에는 무화과나무, 배나무, 감나무, 포도나무, 석류나무 등 모양과 맛이 각각 다른 과일이 열리곤 했다.

그중에도 특히 제일 좋아했던 것이 토마토였다. 감이 익기 전에 여름부터 열리는 싱싱한 빨간 토마토는 어머니와 막내인 내 차지였다. 설탕에 꾹꾹 찍어서 먹었던 그 토마토는 세상에서 그보다 더 맛있는 것은 없었다.

"맛있게 먹고 예쁘게 자라라"고 늘 말씀하시던 어머니가 그립다.

우리 부부는 토마토와 대화를 했다. 아니 내기를 했다. 어느 것이 제일 형일까? 나는 제일 큰 게 형이라 하고, 남편은 아니 제일 앞쪽에 있는 것이 형이라 했다. 주렁주렁 달린 26개의 토마토는 방글방글 웃고만 있다.

며칠이 지났다. 주일날 이른 아침에 토마토나무를 살펴보니 가운데서 꼭꼭 숨어 있던 중간 쯤 되는 크기의 토마토가 얼굴을 붉히며 모두 틀렸다는 듯이 윤기를 내고 있었다.

나는 반가움에 얼른 남편을 깨워다.

"여보! 우리 둘 다 틀렸어요."

"자는데 웬 호들갑이오?"

"글쎄, 요 중간 녀석이 형이었어요."

눈을 부비며 일어난 남편은 "그것 참 신기하네, 그랬구나!" 했다.

다른 때 같으면 자는 사람 깨운다고 싫어할 텐데 남편도 관심이 많았던 것이 증명되었다. 우리 부부는 신기한 보물을 만져보듯 쓰다듬으며 행복한 하루를 시작했다.

자세히 보니 맛이 좋기로 유명한 짭짜리 토마토였다. 작은 식물 하나로도 집안 분위기가 이렇게 달라질 수 있다는 것을 다시 한 번 실감해 본다. 네 살짜리 손주도 우리가 아끼고 사랑하는 토마토나무 앞에서는 구경만 한다.

"할머니, 토마토는 빨갛게 익어야 먹는 거지?"

혀 짧은 소리로 묻는다.

"그럼. 지금 따면 토마토가 아야! 아파하니 안 되는 거야."

"응."

고개를 끄덕이는 손주가 신통하다.

유례없이 춥다는 이 겨울 우리 집안은 작은 식물 하나로 훈훈하고 따뜻한 겨울을 보내고 있다. 토마토가 붉게 익어 가면 우리 거실은 얼마나 환해질까? 기다려진다. 그리고 또 온 가족이 모여서 파티를 할 생각이다.

그냥 관심 없이 지나쳤더라면 이 작은 기쁨을 얻지 못했을 것이다. 주위를 둘러보면 큰 기쁨보다는 소소한 기쁨도 가까이에서 찾을 수 있음을 느끼게 했다.

토마토 꽃 피던 날, 세상 떠난 지 30년이 되어가는 어머니를 떠올려 본다. 어린 시절 어머니와 토마토를 설탕에 꾹꾹 찍어서 먹던 맛을 느껴보려고 했지만 요즘 마트에서 산 토마토는 그 맛을 내지 못했다.

겨울이 가고 새 봄이 올 때쯤 토마토는 또 새싹으로 움이 터서 생명력의 위대함을 보여주리라.

4부

내리사랑

손자 사랑법

2014년 1월 27일, 함박눈이 펑펑 쏟아져서 서울 장안이 온통 새하얀 동화의 나라가 되던 날, 기다리던 손자가 태어났다.

무뚝뚝한 남편은 함박웃음에 연신 행복해 하는 표정을 감출 수가 없었다.

그도 그럴 것이 시아버지께서 9대 독자로 손이 귀한 차에 좋아하는 것은 당연했다.

산부인과 신생아실 넓은 유리창 안으로 갓 태어난 아기들을 보러 오는 가족들의 얼굴에는 행복해 보였고 배냇짓 미소에 "아유! 저 웃는 모습 신기해라. 울음소리도 우렁차네, 누구를 닮았나?" 하며 모두 아기들에서 눈을 떼지 못했다. 우리 손자는 아빠 판박이라고 말하며 웃었다.

날이 갈수록 젖살이 오르고 하얀 피부에 금복주의 코에 눈웃음까지 우리 아기를 보는 사람마다 귀티가 자르르 흐른다고 부러워했다.

우리 부부는 아기를 볼 때마다 "그래 사람은 잘 생기고 봐야 해" 하며 보아도보아도 또 보고 싶고, 온통 아기 생각으로 날마다 행복했다.

흔히 하는 말로 눈에 넣어도 안 아픈 손자였다. 사람들이 말하는 손자가 자식보다 더 예쁘단 말을 실감했다.

아기가 세 살이 되고, 유아원에 가고부터는 오후에는 내가 손자를 돌봐야 했다.

조금은 날마다 구속된 것이 부담스러웠지만 예쁜 손자를 날마다 볼 수 있다는 기쁨에 손자가 올 시간이 되면 집안 대청소를 하고 오늘 저녁은 어떤 메뉴로 손자의 입맛을 돋아줄까? 생각하며 전복을 다지고, 안심불고기와 감자를 갈아 부치고 시금치나물에, 우엉조림, 갈치구이, 두부를 부치고 꽃게탕에, 날마다 영양가 만점으로 바꿔 가면서 식단을 준비하여 온 신경을 기울였다.

우리 아들 둘 키울 때, 못해 주었던 부분을 다 채워주고 싶어서 최선을 다했다.

날마다 손자를 유아원에서 데리고 오는 일은 남편이 맡았다.

우리는 4층에 살기 때문에 계단 오르는 소리만으로도 손자의 발소리를 직감하며 가슴이 설렌다.

1층에서부터 할무니를 부르는 소리가 아련히 들리고 점점 가까이 와서 문을 열며 "할무니! 할무니. 할무니! 숨 가쁘게 할무니를 부르는 소리는 날마다 날마다 들어도 들어도 그리운 님을 맞이하듯 내 가슴은 녹아내렸다.

무덥던 여름, 몸은 힘들어도 손자에게 열정을 쏟으며 살고 있는데, 어느 날 갑자기 손자는 말문이 터졌다.

간식을 주었는데 뒤로 물러서면서 "할머니 좀 더 가까이 와봐, 우리는 가족이야." 또박또박 단어들이 쏟아져서 나를 깜짝 깜짝 깜짝 놀라게 했다.

그런데 말문이 열리자 가끔 고쳐야 할 행동이 보였다. 거슬러서 바로 잡아주고자 하니 싫은 기색이 보였다.

어느 날 유아원에 손자를 데리러간 남편한테서 전화가 왔다. 전화를 받으니 "별일이야 아이가 할아버지는 미워, 외할머니 보고 싶다고 외할머니가 와야 간다"고 울고 있다는 것이다. 그래도 달래서 데리고 오라 하니, 10분이 지났을까 다시 전화가 왔다. 외할머니를 찾으며 울고 있으니 날더러 내려오라고 했다.

나는 단숨에 내려가서 손자를 달랬는데 좀처럼 말을 듣지 않았다. 아기 때도 울지 않던 손자가 눈이 뻘겋게 통곡하고 있었다.

정말 황당했다. 가끔 본 외할머니를 이렇게 애타게 찾으며 "할머니도 미워, 가, 싫어" 아무리 3살짜리 아이지만 갑자기 마음이 변한 이유를 몰라서 속이 상했다.

남편도 난감해 했다.

어렵게 달래서 안고 올라왔지만 손자는 여전히 소꿉집(작은 요정집) 안에서 외할머니를 찾으며 30분을 넘게 우는 손자를 달래고 또 달랬다.

그 날은 어쩌다가 아기가 변덕을 부렸겠지, 생각하고 아무 일 없는 것처럼 아들 며느리에게 내색을 안 했다.

다음 날은 괜찮겠지 했더니 웬걸, 손자를 데리러 간 남편에게서 또 전화가 왔다.

"외할머니를 찾으면서 더 떼를 쓰며 우니 어찌하오?"

남편은 조금 화난 목소리였다.

나는 일단 집으로 오라 하고 1층에 내려가서 기다렸다. 손자는 유모차에서, 외할머니를 찾으며 울고, 남편 얼굴은 굳어 있었다. 어쩔 수 없이 며느리에게 전화를 했다.

"아이가 외할머니만 찾고 울고 있으니 어떡하면 좋으냐? 평소에 얼마나 외할머니를 세뇌시켰으면 아이가 그렇게 서럽게 울겠냐? 나는 날마다 정성을 쏟으며 사랑을 주었는데, 나 너무 속상하다."

나는 생각 없이 쏟아냈다.

며느리는 그게 아니라며 일단 어린이 집으로 다시 데려다 주라고 했다. 아이를 어린이 집에 데려다주고 우리 부부는 얼마나 허탈했는지, 나는 너무 속상해서 하소연이라도 하고파 큰며느리에게 전화를 했다.

"아가 나 너무 속상해서…" 하며 자초지종을 말하니,

"어머님, 제 생각은요. 우리 동서가 그렇게 여우 떠는 사람이 아니고요. 외할머니는 가끔 보니까 오냐 오냐 하며 아이가 원하는 것을 다 들어주고, 어머님은 늘 곁에 있으니까 잘 잘못을 지적하고 훈계가 들어가니까 은연중 거부감을 느끼지 않나 싶네요. 그 부분에서 아이가 부드럽게 대해 준 외할머니를 찾았을 겁니다. 정말 속상하셨겠네요."

큰며느리 말을 듣고 나니 그 말에 공감을 하면서도 마음은 무엇을 빼앗긴 듯 텅 비었다. 퇴근시간이 지나서 아이를 데리고 아들, 며느리가 왔다.

"어머니, 너무 속상하셨지요? 절대 그렇게 외할머니를 세뇌시킨 적 없고요. 어머님이 너무 잘해 주시는 것 말은 안 해도 감사하며 살고 있어요."

나를 꼭 안으며 눈물 훔치는 며느리에게,

"나도 너에게 거르지 않고 한 말이 후회된다. 미안하다."

그렇게 사과하고 보내놓고 밤잠을 설쳤다.

다음 날, 나는 며느리에게 문자를 보냈다.

아이가 외할머니를 찾으니 더 이상 어쩔 수 없다고.

며느리는 나에게 그 동안 감사했다며 앞으로는 詩 쓰고 낭송하며 취미생활에 전념하라고 감사 답장이 왔다.

나는 그 문자를 받고 나니 더욱더 허전하고 서운했다.

그렇게 일주일이 지났다. 옆에 살면서 모른 척하는 마음이 너무 무거웠다.

아들에게 문자를 보내니 유아원에서 우리 손자만 저녁 7시까지 혼자 남는다는 말에 또 마음이 아파 밤잠을 뒤척이다가 남편과 의논해서 다시 아이를 데리러 가자 했다.

유아원에 데리러 가는 시간에 맞춰서 조심스럽게 가니 손자는 언제 그랬냐는 듯이 우르르 달려와 안기며, 할머니가 보고 싶고, 할머니 맘마가 먹고 싶었다고 하지 않는가?

그 말에 다시 또 내 마음은 봄눈 녹듯 녹아내리고 한여름 단술 변하듯 하는 손자를 기다리며 오늘도 데리러 갈 시간을 보고 있다.

손자 봐주는 공은 없다지만, 할머니를 부르는 손자 사랑법을 연구하면서 내 희끗한 나날이 저물고 있다.

내리사랑

아들 둘을 장가보내고 나서 남편과 함께 조금은 심심한 나날을 보내고 있다. 평소에도 별로 말이 없는 남편은 더 말이 없어져서 집안에는 적막감마저 흐른다. 시원섭섭하다는 말을 실감하면서 남편과 함께 오로지 운동만이 생활화 되었다.

친구들이 딸 시집보내고 우울증에 걸려 고생한 것을 보면서 안타까운 마음에 돌파구를 찾아 글을 쓰고 시낭송을 즐기는 내가 얼마나 행복한지 새삼 감사하기만 하다.

그렇게 1년 반이 지나자, 큰아들에게 예쁜 손녀가 태어났다. 조용하던 우리 가문에 경사가 났다. 웃음꽃이 피고 집안 분위기가 확 달라졌다. 날이 갈수록 눈에 넣어도 안 아프다는 말을 실감하며 집안 가득 기쁨이 넘실거렸다.

손녀딸이 4살 되었을 때다. 발음은 서툴러도 가끔 내게 전화를 했다.

어느 날, 전화벨이 울렸다.

"하무니 보름달을 보고 하무니 건강을 빌었어요."

손녀의 기특하고 청아한 목소리는 나의 온몸에 기쁨으로 출렁거렸다.

또, 어느 날 우리 집 거실에 놓인 알록카시아가 겉말라가는 누런 잎을 보면서 말했다.

"하무니 이 이파리는 하무니 닮아가네."

나는 깜짝 놀라 다시 물어보았다. 손녀의 야무진 똑같은 대답에 내 모습이 이렇게 늙어가는구나 싶어서 서글펐다.

그러나 늙어가는 내 모습은 뒷전이고, 하루하루 커가는 손녀의 모습에 반하여 시간 가는 줄도 모르고 행복하기만 했다. 그런데 특별한 것은 내가 두 아들을 키울 때보다 더 예쁘고 더 감동 받고 더 신기했다. 그 순간순간을 폰에 담아놓고 잠자기 전에 비밀스럽게 동영상을 들여다보고 혼자 미소 지으며 잠들곤 했다.

그뿐인가. 동창 모임에 가면, 관심도 없는 친구들에게 폰 속의 손녀를 자랑하던 내 모습이 지금 생각하면 영락없는 팔불출이 아니던가.

문득 내 젊은 날이 떠올랐다. 신록이 우거진 어느 날, 우리 앞집에 슈퍼를 운영하는 아주머니가 나무 그늘 아래서 아기를 안고 행복해 하며 섰다가 나를 보더니, 다급하게 부르는 것이 아닌가. 나는 시간 약속이 있어서 바쁜데도 깜짝 놀라며 뛰어갔더니, 안고 있는 아기 좀 보란다. 그러면서 "세상에서 이렇게 예쁜 아기를 보았느냐"고 한다.

강보에 싸인 신생아는 얼굴은 까맣고 솜털이 보송보송하고 솔직히 예쁘지는 않았다. 하지만 아주머니가 실망할까 봐 "정말 그러네요. 이렇게 예쁜 아기는 처음이라"며 맞장구를 쳐주었지만 돌아서면서, "뭐야…. 팔불출 같아" 하던 기억이 스치면서 지금의 내 마음이었던 것에 피식 웃음이 나왔다.

둘째아들에게 손주가 태어났다.

그 아기는 또 얼마나 귀엽고 더 예쁜지…. 그래서 내리사랑이라는 걸 실감했다. 20개월이 지나니 더듬더듬 할부지, 할무니 벙긋벙긋, 마치 꽃봉오리가 터질 듯 말문이 열렸다.

이런 기쁨을 누가 주셨을까? 언젠가 나보다 먼저 손주를 본 친구들이 말하기를 "손주 돌보느라 힘들어 죽겠다"며 너희들은 절대 손주 보지 말라 할 때마다 "그래 예쁘기는 해도 힘들어 못 볼 것 같아" 하며 동조했지만, 막상 닥치고 보니 고 예쁜 모습을 보면 금세 피로회복제가 되니 안 봐줄 수도 없다.

어린이집에 아기를 데리러 가면, 저만큼에서 나를 보자마자 양팔을 벌리고 긴 골목바람을 가슴에 가득 몰고 달려오는 손주 모습에 가슴이 짠했던 때도 있었다. 또 남편이 데리러 가면 잘 따라오다가 대문 밖에서부터 할무니를 부르며 내게 달려와서 뽀뽀를 하는 손주 모습에 또 한 번 뭉클하곤 한다. 피가 돌고 살이 찌는 이 뿌듯함, 어떤 영양제가 이만이나 할까?

어느 무더운 여름, 내가 손주에게 말하기를 "할머니가 시장가서 얌냠 사올게" 하고 파라솔을 들고 나가니까 "할무니 비 없다" 하기에 우리는 한바탕 웃었다. 손주가 집에 있으니 아들과 며느리가 퇴근하면 으레 우리 집으로 온다.

그럴 때마다 남편은 내가 힘들다고 아들 며느리는 저희 집에 가서 저녁밥을 먹는 것이 좋겠다고 제안을 했다. 사실 아기 반찬 챙기랴, 우리 반찬 챙기랴 그게 만만치가 않았다. 하지만 말을 못했다.

그러던 차 어느 날부턴가 손주는 행동이 변했다. 저희 아빠 엄마만 오면 뛰어가서 안기며 말은 못해도 생각이 휜했다.

엄마 배를 가리키며 "할무니 엄마 맘마" 하면서 내 손을 잡고 밥통이 있는 주방으로 갔다.

　'엄마가 배고프니 빨리 밥 주라'는 손주의 깊은 배려에 뭉클한 적이 한두 번이 아니었다. 나는 "그래! 그래서 자식이구나!" 생각하면서, 잠시 어린 손주만도 못한 생각을 했던 어른인 우리가 부끄러웠다.

　나는 마음을 고쳐먹고 며느리가 좋아하는 생선구이와 아들이 좋아하는 불고기를 준비하면서 날마다 기쁨과 행복을 가슴에 가득 채워주는 손주를 낳아준 우리 두 며느리에게 고맙고 감사한 마음 전하리라 다짐해 본다.

세상에서 가장 아름다운 별

– 전국 뇌성마비 시인들과 함께하던 날

단풍이 퇴색해 가고 가랑잎이 되어 뒹구는 11월 중순이 오면 늘 가슴 설레며 기다려지는 행사가 있다. 바로 전국 뇌성마비 시인들과 함께하는 행사이다. 비록 몸은 자유롭지 않지만 이들의 주옥같은 시를 낭송할 때면, 아픔과 기쁨이 출렁인다.

낭송가들이 곱게 단장하고 이들의 손을 잡고 함께 무대에 오를 때면 행여 이들이 주눅이 들까 봐서 조심스러움도 있으나, 잔칫집 분위기를 존중하는 뜻에서 예의를 갖추는 우리 낭송가들의 마음을 이해하며, 좋아하는 천사같은 시인들이다.

또 이들의 밝은 표정과 때 묻지 않은 순수한 글을 낭송할 때면 나 자신 부끄러워질 때가 많았다. 겉으로만 정상으로 살아가는 우리를 뒤돌아보게 한다. 가질 것 다 갖고도 욕심 때문에 마음 속 하늘에 먹구름을 드리우고 태풍으로 키워가며 잠 못 들던 시간들이 얼마나 어리석은지…. 이들에게서 감사를 배우곤 한다.

이들은 세상도 부모도 그 누구도 원망하지 않는 선한 눈빛 눈빛들이다. 그 동안 함께한 이들의 시를 떠올려보면 몇 편의 가슴 시린 시가 오래도록 마음에 젖어있기도 한다.

아버지는 술만 마시고 행패만 부리는 아버지인 줄 알았는데 어느 날 작은 화분에 꽃을 심는 아버지를 보고 우리 아버지도 꽃을 심을 줄 아는 정이 있는 따뜻한 마음을 가진 분이셨다는 걸 알았다. 아버지께서 세상을 떠난 뒤에도 매년 봄에 핀 그 꽃을 보면서 아버지를 본 듯 해마다 기다렸다는 어느 시인의 고백!

어떤 소녀 시인은 사랑하는 사람을 만나 손을 꼭 잡고 기차를 타고 여행도 가고 낚시도 하고 사랑하는 사람이 들려주는 기타소리 들으며 그의 품에서 잠들고 싶다는 소박한 꿈을 소원하는 시낭송은 가슴 찡하곤 했다.

어느 청년 시인은 컴퓨터 선생님이 앞으로 나오라고 이름을 불러서 무슨 일인지 궁금하고 긴장되고 떨렸는데 컴퓨터를 잘했다고 상을 받았다며 무척 기뻐서 펄쩍 뛰고 싶었는데 휠체어에서 움직일 수 없었다고 한다. 신이 나서 손뼉을 치고 싶었으나 두 팔이 움직이지 않았다고 한다. 그래서 웃었다고 더 크게 더 환하게 웃었다고 한다. 가슴이 숙연해지면서 눈시울을 적시게 했다.

또 평범한 가정의 아들딸로 태어나기를 소망한 시도 있었다.

한 가정의 남편과 아내로 태어나서 자식들과 오순도순 살고픈 흔한 삶의 행복을 갈망하는… 구절구절마다 순수한 소망이 묻어있는 詩를 썼다. 이들은 세상의 그 누구도 원망하지 않고 주어진 삶을 받아들이며 세상을 아름답게 바라보고 있음에 감동받았다.

만약, 내가 이들의 자리에 있었다면 어찌 했을까? 아마도 세상과 부모를 원망하며 하늘에 뜬 한 조각 구름으로 사라졌을지도 모른다고 생각했다. 행사가 끝나고 돌아오는 길에 무심코 밤하늘을 쳐다보니 평소에 볼 수 없었던 수많은 별들이 속삭이듯 반짝반짝 내 눈에 가득 들어왔다. 생각해 보니 세상 때 묻지 않고, 순수하게 열심히 살아가는 오늘 뇌성마비 시인들의 무수한 눈빛이 별빛으로 반짝이고 있었다.

천사들의 눈빛처럼 세상에서 가장 아름다운 별!

잠시 눈을 감고 생각했다. 내 마음도 이들처럼 맑디맑은 물로 씻고 헹구어 미리내로 올라가 작은 한 점 별이라도 되고 싶은 생각을 한다면 부끄러운 욕심이겠지….

나는 오늘 이들에게서 인내와 감사를 배우고 돌아가는 길에 가슴 뿌듯함을 느끼며 매년 이 행사에 꼭 함께하고 싶은 작은 소망을 가져본다.

길고양이 이야기

어느 가을날 주택가 우리 집 수도계량기가 있는 좁은 골목에서 고양이 울음소리가 들린다고 남편이 나를 불렀다. 가보니 고양이가 살고 있었다. 거기는 옆집 보일러 가게에서 파이프 같은 자재를 두었는데, 평소에 사람이 드나들지 않아서 고양이에게는 안전한 곳이다.

들여다보니 한줌 가을 햇살이 쪽문 틈을 비집고 고양이 집에 들었다. 그런데 신기하게 어미 고양이가 새끼 네 마리를 품고 있었다.

평소에 고양이를 싫어했던 나는 새끼고양이를 보는 순간 너무 귀엽고 예뻐서 한참을 들여다보았다. 하얀 털에 까만 점무늬가 있는 새끼고양이, 아주 까만 고양이, 노란 털고양이, 호랑이 얼룩무늬가 있는 고양이, 정말 예쁘다. 초롱초롱한 눈망울이 풀잎에 이슬처럼 맑고 빛났다.

우리 집 대문 옆에서 머리방을 운영하는 김원장에게 고양이가 새끼를 낳았다고 알려주니 무척 기뻐했다. 우리는 집을 만들고 폭신한 담요에 먹이를 주며 엄마노릇을 하기 시작했다.

처음에는 사람을 경계하며 피하기도 했지만, 자주 다가가고 밥을 가져가면 달려들기도 했다.

나는 너무 귀여워서 만지고 싶고, 안고 싶었는데, 머리방 김원장이 절대로 만지지 말란다. 길고양이는 새끼 몸에서 사람냄새가 나면 즉시 새끼를 버린다고 한다. 해서 우리는 작은 철문 창살 너머로 먹이를 주면서 눈으로만 보기로 했다.

다리를 쭉 펴고 하얀 배를 드러내 놓고 젖을 빨리는 어미고양이를 볼 때는 사랑스럽기 그지없었다. 새끼 고양이들은 날로 커갔다. 4층에 살고 있는 나는 젖 빨리는 어미 모습이 보고 싶어서 하루에도 몇 번씩 오르락내리락 하며 폰에 담기도 하고, 멍하니 한참을 바라보다가 꼭 지켜야 할 약속시간도 늦은 적이 여러 번 있었다.

남편은 고양이 변 냄새가 난다고 싫어했다. 나는 길고양이도 내 집에 들어왔으니 복동이라 생각하자며 밥을 주고 변을 치우고 하니, 가족이 된 느낌이었다. 나는 가끔 고양이들이 제일 좋아하는 햄과 생선을 가져다주면 고양이들은 까만 눈을 반짝이며 꼬리를 세우고 달려들어 정신없이 먹는다.

어미고양이는 새끼고양이들이 먹는 동안 멀찍이 앉아서 눈만 끔벅거리며 가만히 앉아있다. 냄새만 맡고 미동도 하지 않는다. 햄 통조림

118

여는 순간, 그 맛나는 냄새가 코를 진동하는데도 어미고양이는 꼼짝 안 한다.

알고 보니, 어미고양이는 새끼가 다 먹고 나면 그때야 찌꺼기만 먹는다는 법칙에 놀라지 않을 수 없었다. 사람보다 낫다는 생각이 들었다. 요즈음 지상파 방송에서 자식을 버리고 죽이고…, 끔찍한 사건들이 많은데 사람 못된 것은 짐승만도 못하다는 말을 실감했다.

새끼고양이가 커갈수록 큰 집을 만들어주면서 담요와 바람막이를 해 주다보니 어느새 고양이 가족을 보살피는 일이 즐겁기만 했다. 다섯 가족이 넉넉히 들어앉아 오순도순 살아가는 모습에서 따뜻한 가족애를 느꼈다.

어느 날부턴가, 어미고양이가 새끼들을 데리고 집을 비우는 시간이 잦아졌다. 관찰해 보니 새끼들에게 생존 방법을 교육시키는 듯싶었다. 놀라웠다. 어떤 날은 커다란 쥐를 잡아다 놓고 함께 놀기도 했다.

또 어느 날은 새끼들만 현장학습 나갔는지 어미고양이가 집을 지키고 있고, 말은 못하지만 새끼들의 행동에서 그들만의 언어로 소통하는 것을 알 수 있었다.

섣달 어느 날 아침이다. 스포츠센터에서 운동 끝나고 폰을 여는데 머리방 김원장 전화가 찍혔다. 평소에 전화연락이 별로 없는 사람이라 깜짝 놀라 통화를 눌렀다. 김원장은 울먹이는 목소리로 새끼고양이들이 피투성이가 되어 다 쓰러졌다고 한다.

나는 30분을 걸어야 가는데 얼마나 숨차게 달렸는지 머리가 띵했다. 도착해서 상황을 보니 충격! 충격이었다. 노란 점박이는 죽고, 하얀 새끼는 눈이 피투성이가 되었고, 호랑이 얼룩이는 다쳤지만 조금 나은 편이었다. 상냥한 깜돌이는 보이지 않았다.

어미고양이는 죽은 새끼를 핥으며 응앙거리는 모습을 보니 기가 막히고 비참했다. 하룻밤 사이에 단란했던 고양이 가족은 어떤 사이코패스의 잔인한 행동에 날벼락을 맞아 차마 눈 뜨고는 볼 수가 없었다. 나는 머리방 김원장과 함께 울며 얼마나 큰 충격을 받았는지 모른다.

너무 속상하고 아픈 마음 진정하며 구청에 신고를 했다. 사체 하나를 보내고 하얀 새끼고양이에게 약을 먹여가며 간호를 했지만 그마저 싸늘하게 굳어버렸다. 유난히 추웠던 2017년, 20년만의 한파 속에서 어미고양이는 죽은 새끼고양이를 끌어안고 울며불며 혓바닥 침이 마르도록 핥고 또 핥아도 새끼들의 몸은 차갑게 굳어갔다.

"나비야!" 하면, 까만 새끼고양이가 꼬리를 높이 세우며 뛰어와서 안기던 모습이 자꾸 눈에 어렸다. 꿈속에서도 단란했던 고양이 가족이 보이며 가슴이 아파서 일이 손에 잡히지 않았다. 분한 마음 가눌 길이 없었다. 결국 나는 몸살까지 났다.

머리방 김원장도 문을 닫고 병원에 입원하여 링거를 맞았단다. 그 뒷날 나는 무대에서 시무식 여는 詩낭송을 하는데 머리가 하얗게 비어 까먹을 정도로 충격을 받았다.

그렇게 한바탕 태풍이 지나간 자리에 어미고양이는 보이지 않았다.

어미고양이는 새끼들을 모두 잃고 얼마나 충격을 받았을까. 정들었던 집도 버리고 어느 거리 어느 처마 밑에서 사람을 원망하며 목메어 울고 있을까?

하얀 솜눈이 소복이 내렸다. 섣달 그믐밤이 저문다. 고양이들의 빈집에는 영하의 싸늘한 찬바람만 들락거린다. 나는 무의식중에 습관처럼 쪽문을 들여다보고 돌아서며, 죄 없는 새끼고양이들이 공포 없는 나라에서 자유롭게 살기를 기도해 본다.

5부

두물머리에서 친구들과

두물머리에서 친구들과 (1)

양수리 두물머리에 별장을 가지고 있는 친구가 초대를 했다.

여고 동창생들이 1박 2일로 모이는 날이다. 우리는 각자 추석에 준비한 음식 한 가지씩 가지고 모이기로 했다.

그런데 나는 시낭송 행사가 선약되어 있어서 부득이 불참하기로 했다. 마음을 비우고 씁쓸한 기분으로 핸드폰 단톡방을 열어보니 갈등이 생겼다.

불현듯 나도 가고 싶었다. 그리운 얼굴들을 만나고 싶다는 생각이 드는 순간 전화벨이 울렸다. 경순이 전화다.

"보고 싶으니 오늘 행사 끝나는 대로 오면 안 되냐? 낭송 차례를 앞으로 당기면 될 거 아니냐? 양수역까지 마중 나갈 테니 오너라. 좀 늦으면 어떠냐?"고 했다.

나는 마음이 설렌다. 그리고 잠시 망설이다가 행사 주최 측에 사정 이야기를 했더니 흔쾌히 순서를 앞으로 바꿔주었다.

막상 동창 모임에 가게 되니 또 집에 있는 남편이 걱정되었다. 공연히 냉장고 문을 열고 닫기를 여러 번 하고, 추석에 해두었던 반찬을 찬통에 넣고, 전기밥솥에 밥을 안치고 정신이 없었다. 당장 먹지도 않을

냉동실 인절미를 쪄서 남편 간식 준비까지 끝냈다.

그리고 1박에 필요한 소지품을 챙겨 서둘러 짐을 꾸리고 낭송옷을 챙겨 입었다. 배낭을 메고 거울을 바라보니 내 모습이 우스꽝스러웠다. 마치 갓을 쓰고 양복을 입은 모양 같았다. 그런들 어쩌랴! 마음은 이미 친구들과 용문행 전동차에 오르고 있었다.

낭송을 끝내고 허둥지둥 용문행 전동차를 탔다. 전동차에 앉아서 어떻게 찾아갈 것인가를 생각하며 창밖을 보니 땅거미가 깔렸다. 초행길이라 불안해서 이어폰으로 낭송을 들으며 마음을 진정시켰다.

한참을 가다 보니 팔당이다. 때마침 진동으로 된 전화가 울리고 친구들이 어느 역이냐고 야단이다. 팔당이라고 했더니 차 가지고 역으로 나온다고 1번 출구로 나오라는 말에 안심이 되었다.

팔당에 도착하자 두 친구가 마중 나와서 손을 흔들고 나는 소녀처럼 뛰어갔다. 우리는 역에서 그리 멀지않은 아담한 한옥에 이르렀다. 마당에는 전등불이 훤히 켜지고 넓은 뜰엔 풀꽃들이 미소를 띄고 있었다. 친구들이 뛰어나와서 얼싸안으며 이산가족 상봉이 따로 없었다.

늘 미소 띤 얼굴에 칭찬과 격려를 아끼지 않는 순자, 까르르 잘 웃는

봉금이, 까무잡잡하고 윤기 흐르는 탐스런 머리를 가진 막내 순임이,
어느 새 반백이 되어 다리가 아파서 잘 걷지를 못 한다는 희자는 두 손
벌리고 박꽃처럼 환한 미소로 반겼다. 또 맏언니 경순이는 저녁시간
이 늦어서 얼마나 배고프냐며 짠해 하는 모습이 엄마를 생각나게 했
다.

거실에는 교자상에 각자 가지고 온 음식이 푸짐하게 차려져 있었다.

나를 기다리느라 저녁식사가 늦어서 미안했지만 어릴 적 고향 친구
들이라 그저 기쁘고 반가울 뿐이었다. 친구들이 준비해 온 음식은 먹
어도먹어도 속이 편하고 즐겁기만 했다.

우리를 초대한 숙희는 팔이 아파서 치료를 받고 있으면서도 주말이
면 꼭 와서 이 넓은 집 구석구석을 털고 닦고 하여 맑은 물이 뚝뚝 떨
어질 정도로 깨끗하게 청소를 한다고 했다.

뒤뜰에는 손수 채소를 가꾸어서 푸성귀는 사먹지 않아도 충분하다
고 하면서 정성 들여서 끓인 육개장 맛이 일품이었다. 무엇보다 해남
의 고향 맛이라 서로 마주보며

"아! 겁나게 맛나다잉."

　모두 행복한 시간을 보냈다. 초저녁잠이 많은 나는 잠을 쫓으며 친구들과 여고시절 추억 속으로 빠져 들어갔다.

　까만 주름치마 쎄라복에 흰 칼라를 빳빳하게 세우고 한 손에 시집을 들고 자칭 문학소녀라며 뒤뚱뒤뚱 뽐냈던 그 때를 회상하면서 우리는 웃고 또 웃었다.

　또 그 시절에는 식량이 귀했던 때라 점심을 늘 고구마로 때우던 시간들도 스쳐갔다. 즐거웠지만 힘들었던 그 때, 자존심에 말 못하고 이제야 털어놓은 친구에게 지난 시절이지만 힘이 되어주지 못해서 미안한 마음이 들었다.

　잠시 후, 우리는 손자 이야기, 건강 이야기가 시작되었다. 각자 먹는 약을 한 아름씩 입에 넣으면서 어디 아픈 데는 어느 약이 좋고, 무슨 약 무슨 약 하면서 반 약사가 다 되었다. 나는 속으로 우리가 벌써 이렇게 되었구나 싶고 세월의 무상함을 실감하며 밤이 하얗게 세도록 이야기꽃을 피웠다.

　이튿날, 동이 트자 모두 새벽 산책을 나서자며 무거운 몸을 일으켰다. 여기저기서 "아이고 아이고" 앓는 소리가 세월 이기는 장사 없다는 말을 생각나게 했다.

뜰에 나오니 마당 가득 풀꽃들이 맑은 이슬을 머금고 있었다.

꽃잔디의 빨간 눈망울에서 어릴 적 나를 챙겨 주던 언니가 스쳐갔다. 바로 내 위 언니라 친구 같았다. 여름밤이면 봉선화 꽃잎으로 손톱에 물들여 주고 갈래머리를 늘 곱게 따주던 언니! 채송화를 그리도 좋아했는데 그 꽃이 필 때 고운 얼굴로 하늘나라로 간 언니가 문득 보고 싶었다.

마당 한쪽에는 커다란 가마솥이 걸려 있고 금방 밥을 지은 듯이 가마솥 언저리에 그을음이 흐르고 금방이라도 어머니가 행주치마에 손을 닦으며, "밥차렸다아~" 부르는 듯하여 새삼 어머니가 그리웠다.

상쾌한 두물머리 이른 아침 풍경은 장관이었다. 남한강과 북한강이 만난 이곳 주변은 여름의 끝자락과 가을의 운무로 동양화 풍경을 이루었고, 물새들의 날갯짓은 별천지 같았다.

이곳저곳에서 셔터를 누르는 사진작가들의 표정이 사뭇 진지했다. 강변으로 이어진 연꽃 무리는 수채화이고 찬바람에 살랑거리는 갈대는 은빛 날개를 서걱거리며 강변의 운치를 더해 주고 있다.

산책에서 돌아온 우리는 아침을 먹고 두물머리에서의 추억을 간직하며 일어서야 했다.

양수역에서 개찰구를 통과하는데 하나같이 삐삐삐삐 경로우대카드의 소리가 진동했다.

지상으로 달리는 전동차 안에서 창밖을 바라보니 누렇게 익어가는 들판에 황금물결이 일렁이고 길가에 코스모스가 하늘하늘 마냥 웃고 있었다.

두물머리에서 친구들과 (2)

　열대야로 밤잠을 설치며 여름이 빨리 가기를 기다리는데, 바람이 선 선해지자 여고 동창생들의 단톡방이 시끌벅적하다.

　두물머리에 별장을 가지고 있는 숙희가 초대를 했다. 작년 늦가을에 우리는 1박을 하며 많은 추억을 남겼는데 또 모이자 하니, 모두 대환 영이다. 속칭 '파자마 데이'란다. 이 말은 요즘 유치원생부터 어른들 까지 말 그대로 아주 편안한 파자마 차림으로 하룻밤 마음에 드는 친 구들과 정담을 나누며 우정을 돈독히 하자는 날이라고 한다.

　나는 작년 가을에 모일 때, 선약이 있어서 갈 수 없다가 갑자기 가게 되었는데 모두 한 가지씩 가져가는 반찬을 못 가져가서 미안했던 차, 보답할 기회가 왔다. 생각 끝에 김치담당을 하기로 마음먹고, 새벽에 일어나 배추를 절구고, 사과와 배즙을 내고 옥상에서 키운 마른고추 에 생젓을 넣고 확돌에 갈아서 포기김치를 정성껏 담갔다. 친구들이 맛있게 먹는 모습을 상상하며 힘든 줄도 몰랐다.

　시간을 보며 무거운 김치통을 안고 전동차를 탔다. 몇 정거장을 갔 을 때 전화벨이 울렸다. 순자와 경순이 전화다. 때마침 그들이 나와 같 은 전동차를 타고 있었다. 잠시 후 두 친구가 내가 앉아 있는 칸으로

오더니 어찌나 반가운지,

"우메 여기서 만난께 겁나게 반가분다야, 김치 담가 오니라고 얼마나 힘들었냐?"

두 친구가 반색하며 얼른 김치통을 받아 들자, 옆에 앉은 할아버지가 빙그레 웃으셨다.

낮 12시에 양수역에 도착하니 희자와 숙희가 남편과 함께 나왔다. 역에서 집까지 걸어가기는 약간 먼 거리였다.

숙희네 집 대문에 들어서니 앞뜰에 가득 핀 풀꽃들이 우리를 반겼다.

작년 늦가을의 분위기하고는 또 달랐다. 집안 곳곳 숙희의 깔끔한 손길이 우리를 기분 좋게 맞이했다. 우리는 짐을 풀고 서로 안부를 물으며, 각자 준비해 온 반찬을 꺼내서 점심상을 차렸다. 숙희의 밑반찬과 육개장, 경순이의 닭강정과 파김치, 깻잎절임, 오이소박이, 부추김치, 내가 가져간 포기김치, 진수성찬이다.

그 중 당연히 내가 가져간 김치로 모두의 손길이 바쁘다. 고향 맛이라며, "정말 맛있다. 어머니 손맛이다. 친구야, 복 많이 받아라" 덕담

까지 주고받았다. 덩달아 숙희 남편이 한 마디 거들었다.

"우리 옆집으로 이사 오면, 한 달에 한 번은 맛있는 김치를 얻어먹을 수 있겠지요?"

우리는 한바탕 웃었다. 나는 정성들인 만큼 친구들이 잘 먹으니 뿌듯했다.

저녁부터 폭우가 쏟아진다는 기상예보에 의하여 차츰 하늘에는 검은 구름이 오락가락했다. 우리는 점심 후, 차를 마시고 비 오기 전에 강 구경을 가자며 문을 나섰다. 불과 몇 걸음 앞이 강변이었다. 너무 좋은 곳에 별장을 둔 친구가 부러웠다.

강가에 이르니 물안개가 피어 자연이 주는 아름다운 풍경은 더 없는 멋진 선물이었다. 물새들의 날갯짓도 한가롭고 연꽃과 수련의 고운 자태에 우리는 한동안 서로 말을 잃었다.

잠시 후, 빗방울이 한두 방울 떨어지며 호수에 파문이 일었다. 호숫가에 우산을 받쳐 든 남녀들은 한 폭의 수채화로 거닐고 있었다. 빗방울이 후둑후둑 떨어지는 소리에 우리는 숙희네로 뛰었다. 갑자기 쏟아진 비에 숙희네 넓은 뜰에 가득 핀 보라색 벌개미취꽃과 빨간 꽃잔디가 으스스 떨고 있다.

한옥 기와지붕 처마 밑 차양에 떨어지는 빗방울 소리를 들으며 "너무 좋다" 하며 모두들 조용했다. 나는 잔잔하게 내리는 빗소리에 정취를 느끼며… 문득 내 고향집 뜨락을 떠올렸다.

처마 밑에 받쳐 놓았던 커다란 항아리에 떨어지는 빗방울소리에 이어 뒤뜰 짙푸른 호박잎에 톡톡 떨어지던 빗소리, 겹쳐진 호박잎에 어린 청개구리가 비를 피하고 앉아서 빗방울을 물끄러미 바라보던 외로운 모습, 그 모습을 바라보다가 나도 모르게 비를 흠뻑 맞고 서있었던 기억이 났다.

'비가 많이 와도 걱정' 이라던 부모님의 말씀과는 달리 나는 무조건 비 오는 날을 좋아했다.

오늘같이 소낙비가 내리던 날은 뜻밖의 상상 못할 일을 여러 번 보았다. 난데없이 미꾸라지가 빗물을 타고 내려와 마당이건 고샅길이건 헤엄치면 내가 비를 맞고 작은 도랑을 쳐서 물을 모으면, 그 안으로 미꾸라지가 모이고 아이들은 검정 고무신에 미꾸라지를 잡던 아련한 추억, 그 순간들이 내 꿈을 키웠던 시간들, 그래서 내가 비 오는 날을 그렇게 좋아하는지도 모른다.

　이렇게 춥지도 덥지도 않은 여름의 끝자락에 내가 좋아하는 비까지 촐촐히 내리는 날 초대해 준 친구가 새삼 고마웠다.

　우리들은 저녁을 먹고 그야말로 파자마 차림으로 편하게 앉거나 누워서 살아온 이야기들을 풀어 놓았다. 퇴직해서 남편이 집에 있으니 "밥 타령을 해서 못 살겠다"며 여기 오려는데, 남편들이 하나같이 내 밥은? 하고 묻더란 말에 우리는 박장대소를 했다.

　국물 없으면 밥 못 먹겠다고 사계절 국타령에 죽겠다고 하기에 나는 "우리 남편은 나이 차이가 있어서 늙어서 그러나 했더니, 너희는 동갑하고 살면서도 그러냐?" 하며 또 웃었다. 세 끼 다 먹고, 간식까지 주란다고 남편 흉보고, 한 끼씩은 사먹고, 한 끼만 집에서 먹었으면 좋겠다는 친구에게 "나는 그래도 함께 오래 살려면 집밥이 최고"라고 목소리를 높였다.

　숙희는 젊어서부터 부부 싸움할 때 꼭 존댓말로 싸운다는 말에 "어떻게 그럴 수 있냐" 하며 "너는 싸움도 수준 있게 하는구나?"며 어느 한 마디도 영양가 없는 말로 웃고 또 웃었다.

초저녁잠이 많은 나는 누워서 친구들의 수다소리를 들으며 선잠을 잤다. 어렴풋이 새벽 1시가 넘었다는 친구들의 말소리에 나는 잠이 깨고, 그 때서야 친구들은 잠을 청했다. 자정을 넘어가는 마당의 빗소리는 가늘어지고 풀벌레들의 울음소리만 구슬피 밤의 적막을 깨는데, 나는 친구들의 거친 숨소리에 몸을 뒤척이다 동이 텄다.

아침이 되니 두물머리 강가는 비온 뒤라 하늘은 더없이 맑고 깨끗했다. 일출을 둘러싼 하늘은 여러 모양의 햇솜 같은 뭉게구름이 장관이었다. 장대비로 깨끗이 씻긴 두물머리 강물은 더없이 평화로웠다. 멀리 물안개의 옷자락이 산허리를 감싸고 품에 안고 다독이는 듯 포근해 보였다.

우리들은 한여름의 스트레스를 강물에 씻고 서로의 건강과 재회를 약속하며 아름다운 추억의 한 장을 가슴에 간직하고 돌아왔다.

달리는 전동차 차창 밖에는 조금은 푸른빛을 잃은 곡식들이 익어가고 있었다.

북유럽 가다 (1)

− 덴마크, 노르웨이

연두색 잎새와 철쭉꽃이 한참 어우러져 봄이 무르익어가던 4월 하순에 참으로 오랜만의 여행길에 나섰다.

동네 친구들이 새각시 적부터 운동을 하면서 우정을 다져가며 다달이 푼돈을 모아 여행가는 팀이다. 우리는 들뜬 마음에 "여행은 가슴 떨릴 때 많이 다녀라, 다리 떨릴 때는 못가느라" 어디서 들었던 말을 되풀이하면서 웃음보가 터졌다.

총무를 맡은 애심동생은 이곳저곳 열심히 알아본 후 북유럽으로 정했다. 덴마크, 노르웨이, 스웨덴, 핀란드 4개국이다. 3년 전에 서유럽을 다녀왔기에 마지막 유럽코스인 북유럽으로 정했다.

인천공항에서 10시20분 비행기에 탑승했다. 목적지까지 약 12시간이 소요된다고 했다.

좁은 의자에 끼어 장시간 비행이 제일 힘들다고들 했지만, 우리는 창밖을 내다보며 맑은 하늘에 둥둥 떠가는 구름에도 감탄하며 즐겁기만 했다.

12시간이 지나 헬싱키에 도착했다. 서울 시간이면 저녁 9시쯤 되었을 텐데, 이곳 시차 관계로 다시 오전이 되었다.

초저녁잠이 많은 나는 피곤이 몰려왔지만 생소한 나라의 거리들이 신기하고 아름다워서 눈이 빤짝빤짝 빛났다.

덴마크의 수도 코펜하겐의 한적한 호텔에서 여장을 풀었다. 다음날 덴마크의 아말리엔보르 궁전과 코펜하겐의 상징인 작은 인어상을 구경했다. 아름답고 깨끗한 스트로엣 거리에서는 화려한 상점에서 쇼핑을 즐길 수 있었다.

거리에는 차 대신 자전거가 우선이란 것이 인상적이었다. 가이드 말에 의하면, 그 나라는 태어나서 돌이 지나면 아이에게 자전거를 선물한다고 했다.

또 길을 건널 때는 자전거가 우선이었다. 가이드는 신호를 잘 보고 사람 조심보다 자전거 조심을 거듭 말하며 길을 안내했다. 거리에 차들은 하나같이 소형차다. 시청사에 가 보니 주차장에 자전거가 가득 찼고, 한쪽에는 소형차가 주차되어 있었다.

체구는 큰데 소형차를 타며 후손에게 공해의 원인을 차단하고 깨끗한 환경을 물려주고자 하는 그 나라 사람들의 검소한 생활을 보고 존경스러웠다.

유럽은 워낙 이동거리가 멀다. 시간을 알차게 활용하기 위해서 주로 밤에 크루즈로 이동을 했다. 망망대해 노을빛을 받으며 레스토랑에서 저녁 식사를 하는데, 그 노을빛이 환상이었고 꿈속 같았다. 나는 이런 경험이 처음이었기에 그야말로 황홀한 침몰이었다.

우리 팀 24명 중, 노부부도 두 팀 있었는데 다정하게 노을을 바라보며 서로 음식을 권하는 것을 보니 보기 좋았고, 순간 집에 있는 남편 생각에 가슴이 짠했다.

이 아름다운 풍경을 함께 했으면 얼마나 좋았을까? 내년에라도 꼭 이 풍경을 보여주리라. 다짐했다.

난생 처음 크루즈에서 숙박을 하니 조금씩 흔들려서 무서웠다. 그리고 불안함도 없지 않았다. 헌데 어느 만큼 시간이 지나자 지상의 호텔처럼 편안했다.

한편 그 안에는 레스토랑은 물론 칵테일 바, 면세점, 어린이 놀이터, 헬스클럽, 수영장, 사우나 등, 다양한 부대시설을 이용할 수가 있었다. 서울의 명동거리처럼 화려했다. 돈만 있으면 천국이었다.

우리 4명은 손을 잡고 쇼핑을 했다. 마침 총무인 애심동생의 환갑날이라서 약간의 다과와 와인, 케이크, 초를 샀다. 우리는 한방에 모여서 소박한 생일상을 트렁크 위에 차렸다. 생일축하 노래에 애심동생은 눈시울을 적시며 뜻밖의 색다른 회갑 축하에 감계무량하다며 행복해했다. 우리는 댄스와 율동으로 깔깔대며 하얀 밤이 되도록 추억을 간직했다.

다음날 노르웨이의 수도 오슬로에 갔다. 그곳은 해가 잠깐 떴다가 갑자기 비가 쏟아지기 일쑤였다. 날씨를 예측할 수가 없었다.

그래서 그네들은 항상 우산을 챙기고 우비 옷이 생활의 일부분이었다. 그리고 햇빛이 그리워서 일부러 노상에 나와서 햇빛을 받으며 음식을 먹고 즐긴다고 했다. 그런데 우리나라는 사계절이 있어 얼마나 좋은지를 모르고 살았다. 새삼 감사를 느꼈다.

비겔란 조각공원에서 느낀 점은 사람 살아가는 모습은 서양이나 동양이나 비슷하다는 것이다. 특히 공원 끝부분에 위치해 있는 높이 17미터의 모노리텐이라 불리는 조각품이 걸작이었다. 화강암에 조각된 121명의 남녀상은 서로 위로 올라가려는 인간의 모습에서 그 삶의 현장은 우리의 모습을 본 듯했다.

어느 삶이나 굴곡이 있고 아픔이 함께 따르지만, 얼마나 현명하고 슬기롭게 살아가야 하는지를 마음 속으로 느끼며 순간 감사의 기도를 했다.

자리를 옮겨 오슬로 국립미술관에서 유명화가들의 작품 감상을 했다. 그 중에서 뭉크의 '절규'가 인상적이었다. 그림에서 그네들의 조상이 살아왔던 그 옛날 시대를 한눈에 볼 수 있었으며 금방 액자에서 튀어나와 말할 것 같은 생동감이 있어서 감동받았다.

다음 날 버스를 타고 간 노르웨이 하르당게르의 비경은 북유럽의 하이라이트, 최고의 코스였다. 해발 900m를 오르는 동안 길 양쪽에는 중간중간에 작은 별장들이 거대한 눈(雪)을 무겁게 이고 인기척 없이 주인을 기다리는 설경의 나라는 동화 속 광경이었다. 어마어마한 눈은 상상을 초월한 그야말로 위대한 자연의 걸작품이었다.

우리가 탄 버스 안의 24명은 말을 잊고 여기저기서 환호성만 드높이고 거듭거듭 황홀한 침몰이었다. 겹겹이 쌓인 눈은 사람 키를 넘을 정도였다. 정상에 올라갈수록 나무가 자라지 못한다고 했다. 또한 신기할 정도로 2차선 도로는 눈 한 줌 없이 차가 다닐 수 있게 잘 치워져 있고, 눈이 많이 와도 도로를 쉽게 찾을 수 있게 길 양쪽으로는 기다란 막대가 촘촘히 꽂혀 있었다.

바람과 함께 사라진 운무는 자연만이 그려낸 변화무쌍한 은빛 세상의 그림이었다. 정상에 도착하니 세상의 꼭대기에서 동화 속 하늘나라에 와 있는 기분이었다.

끝없이 펼쳐진 설원雪原 풍광에 세상에 태어나서 이런 신비스런 곳을 볼 수 있는 것이 가슴 벅찼다. 그리고 하당에르비다 뵈링폭포로 가는 길이 눈에 덮여서 그 전날까지 갈 수 없었는데 눈이 조금 녹아서 운 좋게 우리 팀은 볼 수가 있었다.

가파른 천 길 낭떠러지는 천혜의 요새다. 거대한 자연의 폭포 앞에 입을 다물지를 못했다. 절벽 낭떠러지는 섬뜩한 고공 공포를 일으켰다. 겁 많은 사람은 눈을 뜨고 볼 수 없을 정도로 아찔했다. 나는 두 다리가 후들거렸지만 난간을 꼭 잡고 자연의 거대한 협곡을 눈 안에 가득 담았다.

산허리쯤에 걸린 운무는 끝없이 구름숲을 이루어 장관이었다. 포슬리 호텔에서 아름다운 뵈링폭포를 바라보며 뜨거운 커피 한 잔은 커피를 좋아하지 않는 나에게도 최고의 맛이었다.

노르웨이 관광의 백미 송내 피요르드는 지상천국의 아름다움을 선사했다. 수만 년 전 빙하가 뚫고 나간 자리에 생긴 송네 피요르드는 최대 수심이 무려 1308m에 이르는 피요르드 가운데 가장 깊은 곳이라 했다. 부근 평균 수심이 100m에 달해 바다의 깊이만큼이나 깊고 폭도 4.5km의 넓은 곳이라 한다. 깎아 지르는 듯한 높은 절벽 아래로 도도히 흐르는 피요르드의 맑은 물은 경탄을 자아냈다.

우리는 배 안에서 서로의 폰으로 추억을 남기며 꿈에서도 볼 수 없는 풍광을 가슴 가득 담고 즐거운 시간을 간직했다.

우리는 저녁이면 한방으로 모여서 그 나라 과일과 특산물의 맛을 즐기며 재미있는 이야기꽃에 피곤함도 잊은 채 깔깔댔다. 소녀 적에 돌만 굴러가도 웃었듯이 모든 근심걱정은 머릿속에서 깡그리 지워지고 즐겁기만 했다.

이래서 사람들이 여행은 스트레스 해소의 약이라 하는 말을 실감했다. 또 여자들은 세 끼 걱정을 안 해도 되는 게 제일 편하다고들 했다. 집에 있는 남편들도 마누라 없으면 얼마나 불편한가를 실감할 거라고 말하던 차, 마침 혜은씨 남편에게서 국제전화가 왔다.

'고구마를 어떻게 찌냐고?' 물어서 우리가 한바탕 웃고 있는데, 이어서 우리 남편은 '언제 올 거냐고? 청소하고 기다리겠다' 는 카톡문자가 떴다. 나는 평소에 청소기도 만질 줄 모르는 남편이기에 깜짝 놀랐다.

친구들은 말했다. 부부가 가끔은 서로 떨어져 있어봐야 소중함을 알고, 그 마음 젊어서 느껴야 하는데, 하며 지금이라도 남편들이 절실함을 알았으니 얼마나 좋으냐고 명순동생이 말했다. 우리는 모두가 남편 잘 만난 덕이라고 맞장구를 치며 밤이 깊어가는 줄 몰랐다.

이렇게 북유럽 여행의 3분의 2가 지나고 있었다.

북유럽 가다 (2)

– 스웨덴, 핀란드

노르웨이에서 국경을 넘어 스웨덴에 들어설 때, 이렇게 쉽게 갈 수 있는 곳을, 하며 순간 우리나라의 삼팔선이 떠오르며 언젠가는 우리나라도 이곳처럼 쉽게 오갈 수 있기를 기도했다.

여행 7일째 되던 날, 스웨덴의 수도 스톡홀름 구경에 나섰다.

스톡홀름은 세계에서 가장 아름다운 도시 중의 하나로 물 위에 있기 때문에 '물 위의 아름다움' 이란 이름이 늘 따라다닌다. 스웨덴의 수도이자 관문인 스톡홀름은 매혹적인 역사와 아름다운 자연이 조화를 이룬 곳이라 한다.

그리고 스웨덴은 자연환경이 깨끗해서 도시 한가운데서도 수영하고 낚시를 즐길 수 있으며, 2만4천 개나 되는 섬이 있다고 한다. 그리고 세계에서 가장 오래된 야외 박물관인 스칸센(skansen)은 스웨덴의 역사를 볼 수 있고, 스톡홀름에는 60여 개의 박물관이 있으며 많은 문화와 예술행사가 열린다고 했다.

젊은 여자 가이드는 열심히 설명을 해 주며 정말 깨끗하고 아름다운 도시라 했다. 나는 가이드에게 이민 온 지가 얼마나 되냐고 살짝 물으니 20년이 됐다고 한다. 워낙 공기가 맑고 깨끗해서 살기가 좋다고 한다. 옛날 생각하고 작년 겨울에 고국엘 갔다가 공기가 너무 나빠서 숨 쉬기조차 힘들었다며 지금은 한국에서 못살 것 같다는 말에 조금은 가슴 아팠다.

스톡홀름 시청사 2층의 황금방은 노벨상 시상식 후에 축하연회가 열리는 연회장이고, 무도회가 열리며 최대 700명까지 수용한다고 했다. 200명이 2년 동안 작업을 하여 만든 황금방은 고대 비잔틴 스타일의 작품으로 1800개의 금박을 입힌 유리조각으로 만든 모자이크로 명성이 높다고 한다. 정말 대단했다.

우리는 황금방에서 노벨상 수상자들이 각자 포즈를 취한 사진을 걸어놓은 것을 보면서, 말로만 듣던 노벨상을 이곳에서 받는다는 것에 감개무량했다.

구시가의 중심 김라스탄은 13~19세기에 지어진 건물이 그대로 보존되어 있었다. 구시가의 중심은 스토르토에트 광장이다. 건축된 지 오래된 건물임에도 불구하고 여전히 육중하게 자리하고 있었다.

선조들의 건축법을 그대로 지키며 보존해 가는 그네들의 정신에서 또 다른 교훈을 받았다. 우리는 다음 목적지로 이동하기 위해서 유람

선에 올랐다. 12층에 달하는 배 높이가 어마어마했다.

우리가 뱃머리에서 바라보는 해질녘 바다와 노을의 모습은 표현할 수 없는 장관이었다. 폰을 눌러가며 추억을 담고, 나이를 잊으며 소녀로 돌아갔다. 그런 우리들의 모습을 젊은 사람들이 볼 때는 그다지 이쁜 모습이 아니지만 마음은 소녀였다. 노을의 풍경은 크루즈 여행의 백미였다.

마지막 목적지 핀란드에 도착했다. 바다에 둘러싸여 있는 핀란드의 수도 헬싱키는 인구가 52만 명이고, 바다에 둘러싸여 있는 발틱의 땅이라 했다. 인상적인 곳은 템팰리아우키오 교회다. 자연의 큰 바위를 파내어 만든 교회인데 자연광이 잘 들어오도록 만들어졌고, 크고 웅장했다.

천장은 돔형식의 구리로 만들어져서 음향효과를 고려하여 지어져서 음악회 공연장으로도 이용되고 있으며, 헬싱키의 독특한 건축물로 일명 '암석교회'로도 불리어지고 있다. 이 나라에서는 지하에 암석이 묻혀 있어서 건물 지을 때 지하를 파려면 5년이 걸린다고 했다.

또 눈이 많이 와서 제설작업을 할 때는 염화칼슘 대신 돌가루를 뿌려 친환경적인 제설작업을 해서 일거양득이라고도 했다.

북유럽을 여행하면서 느낀 점이 많다. 예를 들어서 호텔을 가거나 매장에서 우리가 생각 없이 사용한 종이컵이나 비닐봉지를 그네들은 최대한 사용하지 않는다는 것이다. 호텔마다 일회용품은 거의 사용불가였다. 그래서 나는 나 혼자라도 쓰고 난 일회용 비닐은 최대한 사용을 자제해야겠다고 생각했다.

시벨리우스공원, 우스펜스키사원, 원로원광장의 마지막 코스를 돌고 호텔로 돌아왔다. 아쉬운 마지막 밤은 짐을 싸기 전에 모두 그간의 각자 쇼핑한 물건들을 가지고 한방으로 모였다.

걸어보고, 입어보고, 신어보고, 그 물건 중에서도 당연 화제의 물건은 내가 산 남편의 야크모자였다. 여행 오기 전부터 남편은 몇 번이고 부탁한 게 겨울 모자였다. 혈압이 있으니 머리에서 귀 목까지 덮는 북극 사람들이 쓴 야크모자를 꼭 사오라기에 눈여겨보던 차 어느 매장에 들어가니 눈에 확 띄었다.

얼른 보니 제일 큰 사이즈도 머리통이 작았다. 그 나라 사람들은 몸에 비해서 머리가 작기 때문이었다. 제일 큰 사이즈로 하나 골라 놓고

보니, 우리 남편 머리가 유난히 커서 꼭 작을 듯싶어서 옆에 있던 젊은
남자 가이드에게 나도 모르게 물었다.

"가이드! 이 모자 우리 남편에게 맞겠슈?"

내 말이 떨어지기가 무섭게 가이드의 퉁명스런 대답이 튀어나왔다.

"내가 그 아저씨를 안 보았는데 어떻게 알아요?"

옆에 있던 우리 일행은 배꼽을 잡고 웃었다. 순간 멋쩍었지만 할 수
없이 샀다.

마지막 밤 그 모자를 돌아가며 써보고 살 때 가이드에게 했던 말을
되새기며 얼마나 웃었던지. 특히 한 번 웃음보가 터지면 그칠 줄 모르
는 혜은씨는 배를 움켜쥐고 웃고 또 웃었다. 우리는 그 웃는 모습에 덩
달아 서로 쳐다보며 웃다가 보니 늦은 밤까지 즐겁고 잊을 수 없는 시
간이었다.

해외여행은 넓은 세상을 볼 수 있어서 좋았고, 다른 문화를 체험할
수 있어서 좋았다. 무엇보다도 지친 일상에서 탈피하여 재충전의 기
회가 되어 좋았다. 북유럽 나들이는 두고두고 꿈속의 황홀한 침몰이
다.

| 작품해설 |

청향만리淸香萬里 지여효심순至如孝心純의 여류수필가

– 신유하의 삶과 글월누리(隨筆世界)

김 정 오
수필가 · 문학평론가

들어가는 말 –수필은 '정서의 인간화'의 글월

신유하 수필가가 수필집 《달빛 어린 흰 고무신》을 상재한다. 그녀는 수필가 이전에 이미 시인이며, 시낭송가로 알려진 여류문사이다. 축하의 박수를 보내며, 그녀의 글월누리(隨筆世界)를 살펴본다. 글을 쓴다는 것은 내 안에 있는 나를 찾아내는 일이다. 그것을 조셉 머피(Joseph Murphy)[1]는 잠재의식[2]을 찾는 일이라고 말했다. 씨알 사상을 창

---

1) 조셉 머피(Joseph Murphy, 1898~1981) ; 남아일랜드 작은 바닷가 마을에서 태어나 바다를 보면서 성장했다. 라틴어, 프랑스어, 과학, 종교, 셰익스피어를 공부했다. 세계적인 정신의학자, 잠재의식 분야의 권위자인 그는 『마음수업』이라는 책에서 마음의 힘을 얼마나 잘 활용하느냐에 따라 인생이 달라진다고 말했다. 마음에 긍정과 평화, 사랑, 소망이 늘 있어야 한다는 것이다. 우리의 삶을 바꿀 수 있는 힘은 밖에 있는 것이 아니라, 우리 안에 있는 잠재력이라고 말한

시한 유영모[3]는 "말은 마음의 음성이며, 글은 '긋다, 그리다'에서 온 말로서 그리워서 긋고 그린다는 말에서 비롯되었다"고 말했다.

'그(그이)'는 이기심을 벗어난 기리고 믿고 받드는 '참사람' 참진리 이다. 글을 읽고 쓰는 것은 그이를 만나고 배우는 것이다. 인문학은 글에서 사람을 배우는 학문이다. 글은 마음 속에 있는 깊고 간절한 생각을 겉으로 드러낸 말이다. 그래서 말과 글에는 사람의 정신과 품격이 담겨 있다. 제대로 생각하는 사람이어야 그때 비로소 나는 내가 된다.

수필이란 지은이가 겪었던 일들 가운데 그 어떤 소재를 감성에 이입시켜 쓰는 글월이다. 그러나 평범한 기록으로 남기느냐. 문학으로까지 승화시키느냐에 따라 글월의 가치價値[4]는 달라진다. 누구나 겪을 수

다. 그는 잠재력을 잘 활용하는 것이 인생을 행복하게 하고, 자신이 꿈꾸는 삶을 얻을 수 있는 가장 쉬운 방법이라고 말한다.
2) 심리학자 지그문트 프로이트(Sigmund Freud, 1856~1939) ; 오스트리아의 신경학자, 정신분석학의 창시자가 제시한 심리학 용어로 의식과 무의식 사이의 영역을 말한다. 사람이 지각할 수 없는 작은 소리나 찰나의 영상 등으로 잠재의식을 자극해 인간의 감정과 행동에 영향을 줄 수 있는 것을 잠재의식 효과라 한다. 의식은 시각, 청각, 촉각, 미각, 후각이며, 잠재의식은 감정을 말하는 것이다.
3) 유영모는 훌륭한 제자들을 많이 길러냈다. 유영모에게 가르침을 받은 제자로는 김교신, 함석헌, 현동완, 안병욱, 유달영, 유승국, 김흥호, 서영훈, 송두용, 박영호, 김준, 이기상, 김정호, 이성범, 박영인, 이동준, 염락준, 박재순 외 많은 제자들이 있다.
4) 가치(價値)라는 말은 그리스어 axios와 '학문'이라는 뜻의 logos에서 나온 말로, 가장 넓은 뜻으로 '선'(善) 또는 '가치'에 관한 철학적 연구를 뜻하는 용어이다. 가치(價値)란 좋은 것, 값어치 등 유용(有用)한 인간의 욕구나 관심을 충족시키는 것, 그것은 경제, 사회, 이론, 도덕, 사상과 종교에 따라 제각기 다른 가치의 기준이 있다. 이론적으로는 진(眞)이고 도덕적으로는 선(善)이며, 미적 관심을 충족시키는 것은 아름다움(美)이다. 실생활에 도움이 되지 않는 건조물도 역사적, 사회적으로 가치를 지니는 일이 있다. 가치란 무엇이냐, 어떻게 인식되느냐는 등 가치와 사실과의 관계를 연구하는 것이 가치론(價値論)이며, 사물이나 성질에 관하여 좋다, 나쁘다, 멋지다, 옳다, 틀렸다 등을 판단하는 것을 가치판단(價値判斷)이라 한다. 가치판단을 잘못한 예를 본다. 세계적인 미술가가 어느 집 어린 딸 생일에 초대되었다. 어린 소녀는 생일 선물로 받은 부채를 들고 손님이 있는 방으로 왔다. 화가는 아이에게 좋은 선물을 남겨 주고 싶

있는 신변의 일들을 오직 이 세상에서 자신만이 겪었던 일처럼 호들 갑을 떠는 글월은 읽는 이들이 외면한다. 그러나 똑 같은 일인데도 문학성이 있는 글월로 승화시켜 만인을 공감시킨다면 훌륭한 수필로서 성공한 글월이 된다.

신유하의 글월누리(隨筆世界)—고향과 부모와 가정을 사랑하는 여류 문사

신유하의 수필들은 소녀적 청순함이 살아 있다. 그래서 고향과 부모를 잊지 못하고, 가족과 친구들과 불우한 이웃(뇌성마비 시인들과 함께 시낭송을 하던) 이야기와 그 밖에 여러 이야기들을 추보식 구성으로 쓰고 있다.

신유하의 고향은 땅끝마을이 있는 전남 해남海南이다. 읍에서 멀지 않은 연동리에는 효종 임금이 하사한 고산 윤선도의 종가 녹우당이 있고, 천연기념물인 비자나무숲이 있다.

고산은 벼슬을 그만 두고, 해남 갈두리 땅끝마을에서 배를 타고 완도의 보길도로 들어가 자연과 어우르면서 어부사시사漁父四時詞를 지었다. 이 시는 순우리말로 여음을 새롭게 쓴 작품으로서 〈오우가〉와 함께 윤선도의 대표작임과 동시에 만고의 고전으로 꼽히고 있다. 신유하는 이런 고향에서 태어나 잔뼈가 굵으면서 푸른 꿈에 부풀어 있

었다. 그는 품에서 그림 그리는 도구를 꺼내 들고 아이에게 부채를 잠깐 달라고 했다. 그러나 그 아이는 "싫어요! 내 부채를 버리게 돼요!" 하면서 나가 버렸다. 그 소녀가 부채를 그 화가에게 잠깐만 내어주었더라면 거기에 그림을 그려 넣고 싸인만 하면 매우 '가치 있는' 작품이 나올 뻔한 기회를 놓치고 만 것이다.

던 지난날을 그리워하고 있다. 그녀의 수필 〈그리운 고향〉에서 한 대
목을 본다.

"고향! 하면, 부모형제, 어릴 때 친구, 아름다운 산천이 떠오른다.
나는 해남읍에서 가까운 신안리에서 태어나고 자랐다. 그곳은 아
담한 청솔밭 마을이다. 큰 산 아래로 그림 같은 냇물이 흐르고 있었
다. 여름이면 친구들과 멱을 감고 귓속을 말린다며 햇볕에 달구어진
몽돌을 주워 귓속에 대고 말리곤 했다.

들에 만발한 풀꽃을 따서 내 친구 순이에게 꽃반지 끼워주면 얼마
나 좋아했던지…. 동백꽃을 지푸라기에 꿰어 화환을 만들어 목에 걸
어주며 우정과 꿈을 키웠다."

– 〈그리운 고향〉 한 대목

고향은 태어나서 자란 곳으로, 평생 잊을 수 없는 그리움이 깃들어
있는 곳이다. 시간과 공간과 마음이 하나로 이어진 영원한 마음누리
(情神世界)이기 때문이다. 더구나 세월이 흐른 뒤에는 아무리 뵙고 싶어
도 지금은 계시지 않는 부모님이 끝없이 그리워지는 곳이다. 옛 사람
들도 고향을 그리워하는 마음을 한 편의 글로 달래기도 했다. 신라시
대 최치원崔致遠이 당나라에 가서 고향을 그리워하면서 쓴 시 〈추야우
중秋夜雨中〉을 본다.

<table>
<tr><td>秋夜雨中</td><td>비 내리는 가을밤에</td></tr>
<tr><td>秋風唯苦吟(추풍유고음)</td><td>가을바람에 홀로 시를 읊으니</td></tr>
<tr><td>世路少知音(세로소지음)</td><td>세상에 내 마음 아는 이 없네</td></tr>
</table>

窓外三更雨(창외삼경우)　창밖에는 밤이 깊도록 비가 내리고
燈前萬里心(등전만리심)　등불 앞에 앉은 내 마음 만리 고향으로
　　　　　　　　　　　　　달리네.

　소설가 이재인[5]은 〈용내래미, 그 수몰되지 않은 기록〉에서 어린 시절을 돌아보는 것은 시간이 지날수록 한인간의 생애에서 가장 멀어지고 그만큼 희미해지는 시절이기 때문이라고 한다. 특히 어린 시절을 보냈던 곳에 다시는 가서 살 수 없을 때, 그 애틋함이 더해 간다는 것이다. 그래서 그 희미함이 더욱 잃어버린 시절을 낭만으로 변모하게 만드는 것이라고 했다.

　이러한 인간의 심리적 현상을 설명하는 이론 가운데 칼 융(Carl Gustav Jung)[6]이 주장한 인류보편이 가진 선험적 무의식에서 그 답을 찾

---

5) 이재인 ; 소설가, 충남 예산 출생, 경기대학교 인문대학 국어국문학과 교수 역임, 인장박물관 관장, 충남문학관 관장, 대표작으로 베트남 소재로 한 《악어새》가 베스트셀러로 일본어판으로 일본에서 출판, 한국문학관협회 이사, 한국박물관협회 이사, 한국사립박물관협회 이사, 한국문인협회 자문위원, 한국문학평론가협회장 수상, 외 다수의 상 수상, 저서로 《아우의 누드집》, 《정중부》, 《제물포》 외 다수가 있다.
6) 칼 구스타프 융(Carl Gustav Jung ['karl 'gustaf 'juŋ', 1875~1961) ; 스위스 케스빌에서 목사의 아들로 태어났다. 바젤 대학교와 취리히 대학교에서 의학을 공부, 정신과 의사가 되어 분석심리학을 개척했다. 취리히 연방 공과대학교(ETH Zürich)의 심리학 교수, 바젤 대학교의 의학심리학 교수로서 부르크횔츨리 정신병원장 오이겐 블로일러의 연구를 응용 심리학을 연구하였으며, 이전 연구자들의 연상 검사를 응용, 자극어에 대한 단어연상을 연구하였다. 그는 인간 내면에는 무의식 층이 있다고 생각하였으며, 삶은 무의식의 자기실현의 역사라고 했다. 무의식에 있는 모든 것은 사건이 되고, 밖의 현상으로 나타나며, 인격 또한 그 무의식적인 여러 조건에 근거하여 발전하며 스스로를 전체로서 체험하게 된다고 하면서, 개체로 하여금 통일된 전체를 실현케 하는 자기원형이 있음을 주장했다. 자신의 경험으로부터 심리치료법을 개발, '개체화'라는 자신의 신화를 발견하는 과정을 통해 더 완전한 인격체가 될 수 있다고 생각하였다. 융의 사상에서 가장 중요한 것은 자기(Self)와 자아(Ego) 개념이다. '자기'는 우리의 생각이 빛이 닿지 않는 어둠의 세계, 무의식의 밑바닥에 깊이 놓여 있는 세계이다. 또한 그 세계는

을 수 있다는 것이다. 특히 어린 시절이란 아직 사회를 온전히 거치지 못한 시기, 무의식적으로부터 솟아나는 것들이 비죽비죽 비집고 올라오며, 인간의 원형을 딛고 있는 상징들이 가득한 시기는 아닌지, 단지 들어갈 수 없는 곳에 대한 향수 때문만이 아니라 인류의 원형, 태초의 인간의 모습을 담고 있는 것이 아닌지, 단지 돌아갈 수 없는 곳에 대한 향수 때문이 아니라 인류의 원형 태초의 인간의 모습을 담고 있는 것이 어린 시절이기에 그때를 오늘보다 더 떠올리는 것일 수 있다고 한다.[7]

그녀의 수필 〈고향 길〉 한 대목을 본다.

"40년 만에 가는 고향 길이라 가슴이 설렌다.

양가兩家 부모님 돌아가시고 나니, 꼭 가야 할 일이 없기도 하지만, 또 워낙 거리가 먼 땅끝마을이라 쉽게 나서지 못했다. 그러던 차에 남편과 함께 모처럼 마음먹고 여행 겸 아침 일찍 집을 나섰다.

봄 햇살이 유난히 따사롭다.

고속도로 차창 밖으로 내다보이는 들에는 농부의 트랙터 움직임이 시대의 변화를 느끼게 한다. 40년 전에는 사람과 소가 그 일을 다했었다. 나는 고향의 봄을 빨리 만나고 싶었다. 자운영이 만발한 들녘이 그립고, 두엄 뜨는 냄새, 밭두렁에 흙냄새하며 친정집 뜨락에 영산홍, 자산홍, 모란꽃, 함박꽃, 철쭉, 자목련…, 헤일 수 없이 많은

집단 무의식의 원형으로 모든 것을 포괄하는 세계이다. 그러나 '자아'는 '자기'의 세계보다 훨씬 작은 세계를 말한다. 그리고 의식과 분별의 세계를 말한다. 1961년, 대표저서《인간과 무의식의 상징, Man and His Symbols》을 탈고 후 85세에 세상을 떠났다.
7) 문학 앤 문학,《용내래미. 그 수몰되지 않은 기록》, pp. 20~21.

꽃들이 정원 가득 다투어 피면 눈이 빨갛게 물들던 뜨락에서 어머니
는 늘 봄을 맞이했다."

– 〈고향 길〉한 대목

가족과 내 집은 이 세상 그 무엇보다 더 소중하다. 신유하의 수필
〈고향 길〉은 가족과 내 집을 소재로 미국인 존 하워드 페인(John
Howard Payne)[8]이 노래 말을 짓고, 영국인 헨리 비숍(Sir Henry Rowley
Bishop)[9] 경이 작곡하여 세상에서 가장 아름다운 노래로 꼽힌 '즐거운
나의 집'(Home, Sweet Home)을 떠올리게 한다.

즐거운 곳에서는 날 오라 하여도/ 내 쉴 곳은 작은 집 내 집뿐이리
/ 내 나라 내 기쁨 길이 쉴 곳도/ 꽃 피고 새 우는 집 내 집뿐이리/ 오!
사랑 나의 집/ 즐거운 나의 벗 내 집뿐이리
고요한 밤 달빛도 창 앞에 흐르면/ 내 푸른 꿈길도 내 잊지 못하리
/ 저 맑은 바람아 가을이 어디뇨/ 벌레 우는 곳에 아기별 눈 뜨네/
오! 사랑 나의 집/ 즐거운 나의 벗 내 집뿐이리

---

8) 존 하워드 페인(John Howard Payne, 1771~1852) ; 미국의 극작가이자 배우, 1823년 그의 오
페라 〈Clari, The Maid of Milan〉에서 불린 뒤 세계적으로 잘 알려진 명곡이다. 그밖에 페인의
주요작품으로는 그의 유명한 노래 〈즐거운 나의 집; Home, Sweet Home〉이 수록되어 있는
〈밀라노의 소녀 클라리; Clari, or The Maid of Milan〉, 어빙과 함께 쓴 〈찰스 2세; Charles the
Second〉(1824), 프랑스어로 개작한 〈Thérèse〉(1821) 등이 있다. 1842년 튀니스 영사직을 맡은
후 그곳에서 숨을 거두었다.
9) 헨리 비숍 경(Sir Henry Rowley Bishop, 1786~1855) ; 영국의 작곡가이자 지휘자이다. 코벤드
가든 극장과 그 밖의 여러 곳에서 지휘자로 이름이 널리 알려졌다. 1842년 Knight Bachelor(기
사작위)에 서임되었으며, 1848년 옥스퍼드 대학교 교수가 되었다.〈즐거운 나의 집〉(Home
Sweet Home) 은 널리 알려진 그의 대표작이다.

가정의 소중함을 일깨워 주는 이 노래는 미국 남북전쟁 때, 장병들이 향수병으로 탈영한다는 이유로 군에서 금지곡이 되었을 정도로 폭발적인 인기를 끌었던 노래였다. 그녀의 수필 〈그리운 고향〉에서 한 대목을 본다.

"특히 나의 어린 시절은 아버지의 사랑을 빼놓을 수가 없다. 아버지는 올곧고 성실하며 남을 배려하고 부지런한 농부였다.

딸 부잣집으로 소문난 우리 집은 딸이 많아도 자식 사랑이 유난히 깊으셨던 아버지셨다.

그때, 우리 시대 교복은 하얀 칼라에 주름치마를 입었었다. 아침엔 교문에서 주름치마 검사도 했었다. 그래서 저녁이면 주름을 실로 떠서 요 밑에 깔아두면 주름이 잘 잡혔다. 해서 아버지 요 아래는 세 딸의 주름치마가 늘 깔렸지만 아버지는 불편한 내색을 한 번도 안 하셨다.

지나고 생각해 보니, 아버지는 잠자리가 얼마나 불편하셨을까? 싶었다. 그 뿐인가. 주름이 삐뚤어진 날에는 아버지 때문에 주름 망쳤다고 떼쓰던 철부지 딸들! 그래도 온화한 미소로 "다음날 밤은 조심해서 자마" 하시며 오히려 미안하게 생각하시던 아버지셨다."

– 〈그리운 고향〉 한 대목

가정은 천국이다. "마른 떡 한 조각만 있고도 화목和睦하는 것이 육선肉鮮이 집에 가득하고 다투는 것보다 나으니라."(잠언 17:1)의 말씀처럼 '가정은 사랑하는 사람들이 화목하게 사는 곳' 이다. 영국의 시인

C. 스와인(1801~1874)은 말했다. 반갑게 맞이할 사람이 없는 곳은 집이 아니다. 세상에 그 어떤 곳이라도 사랑하는 가족과 함께 있는 집만 못하다고….

신유하는 훌륭한 아버지와 현모양처였던 어머니의 끝없는 사랑을 받으면서 행복하게 살아왔다. 그러다가 좋은 배우자를 만나 남들이 부러워하는 삶을 살아오고 있다. 그녀의 부군은 명문 고등학교 교장을 지낸 훌륭한 교육자이기도 하다. 게다가 그녀를 누구보다 잘 이해해 주고 가장 든든하고 가까운 후원자로서 버팀목이 되어 주고 있다. 그리고 자식들까지 잘 두었으니 축복 받은 문사임에 틀림없다. 영어로 남편을 '허스밴드'(HUS BUND)라고 한다. "집을 묶는 사람" 즉 (HOUSE BOUNDIN) 하우스 밴딩이라는 뜻으로, 남편은 가정을 하나로 묶어 행복한 가정으로 꾸린다는 뜻이다.

부인은 와이프(WIFE)라고 하는데, 옷감을 짠다는 뜻으로 가족들에게 행복의 옷감을 만들어 입힌다는 뜻이다. 우리나라에서는 아내의 말 뿌리(語原)가 안해(집안의 태양)에서 온 말이다. 이런 행복한 가정에서 자란 자식들은 부모를 공경하고, 형제간에 우애 있게 살아가면서 이웃과 더불어 행복한 삶을 살아가게 된다. 신유하는 또 훌륭한 가문에서 신씨 가문으로 시집을 와서 모든 이들에게 모범을 보이면서 좋은 가정을 일구어 오신 어머니에 대해서 끝없는 긍지를 가지면서 그 어머니를 한시도 잊지 못하고 있다. 그의 수필 〈어머니의 흰 고무신〉 한 대목을 본다.

"그 무렵 자주 꿈속에서 어머니가 예전처럼 흰 고무신을 신고 다니시는 모습이 보여서 불현듯 고향을 찾았다. 어머니는 마루 끝에 앉아서 나를 보시더니 두 팔을 벌리며 반기셨다.

신방돌 위에는 어머니의 흰 고무신이 먼지를 뒤집어 쓴 채 손길을 기다리고 있었다. 나는 얼른 신발 두 켤레를 들고 우물가로 가서 깨끗하게 닦고 닦아서 신방돌 기둥에 세워놓으니 햇볕 한 줌 살며시 들었다.

그런 나를 보신 어머니의 표정이 슬퍼 보였다."

– 〈어머니의 흰 고무신〉 한 대목

이 세상에 어머니보다 더 위대한 분은 없다. 그래서 랑구랄은 말했다. "저울의 한쪽 편에 세계를 실어 놓고, 다른 한쪽 편에 나의 어머니를 실어 놓는다면, 세계의 편이 훨씬 가벼울 것이다." 당연한 말이다. 이 세상에서 어머니보다 더 위대한 분은 없기 때문이다.

신유하의 〈어머니의 흰 고무신〉을 읽으면서 2016년 전라북도교육청 공모전에서 동시 부문 최우수상을 받은 작품, 소녀의 가슴을 절절하게 울리었던 〈가장 받고 싶은 엄마 밥상〉이라는 글이 떠올랐다. 당시 우덕초등학교 6학년 1반 이슬 학생이 2015년 암으로 세상을 떠난 엄마를 그리워하면서 쓴 시, 〈가장 받고 싶은 엄마 밥상〉 전문을 본다.

아무것도 하지 않고 짜증 섞인 투정에도
어김없이 차려지는 게 당연하게 생각되는 그런 상!
하루에 세 번이나 받을 수 있는 상!
아침상 점심상 저녁상

받아도 감사하다는 말 한마디 안 해도 되는 그런 상!

그때는 왜 몰랐을까? 그때는 왜 못 보았을까?

그 상을 내시던 주름진 엄마의 손을 그때는 왜 잡아주지 못했을까?

감사하다는 말 한 마디 꺼내지 못했을까?

그동안 숨겨놨던 말 이제는 받지 못할 상!

앞에 앉아 홀로 되뇌어 봅시다.

"엄마, 사랑해요" "엄마, 고마웠어요"

"엄마, 편히 쉬세요"

세상에서 가장 받고 싶은 엄마상!

이제 받을 수 없어요.

이제 제가 엄마에게 상을 차려 드릴게요.

엄마가 좋아했던 반찬들로만 한가득 담을게요.

하지만 아직도 그리운 엄마의 밥상

이제 다시 못 받을 세상에서 가장 받고 싶은 울 엄마 얼굴(상)!"

– 우덕초등학교 6학년 1반 이슬

불우한 이웃들과 더불어 살아가며

신유하는 전국 뇌성마비 시인들과 함께 시낭송을 하고 돌아와 "그들이 때 묻지 않은 순수하고 밝은 표정으로 시를 낭송할 때, 오히려 부끄러워지기까지 했었다"고 글월을 썼다. "가질 것 다 갖고도, 욕심 때문에 마음 속 하늘에 먹구름을 드리우고 태풍으로 키워가며 잠 못 들던 시간들이 얼마나 어리석은지, 이들에게서 감사를 배우곤 한다"고도 했다.

그러면서 "이들은 세상도 부모도 그 누구도 원망하지 않은 선한 눈빛 눈빛들이다. 그 동안 함께한 이들의 시를 떠올려보면 몇 편의 가슴 시린 시가 오래도록 마음에 젖어있기도 한다"고 쓰고 있다. 〈세상에서 가장 아름다운 별〉이라는 제목에 부제로 '전국 뇌성마비 시인들과 함께 하던 날' 이라 한 작품에서 한 대목을 본다

"어느 청년 시인은 컴퓨터 선생님이 앞으로 나오라고 이름을 불러서 무슨 일인지 궁금하고 긴장되고 떨렸는데 컴퓨터를 잘했다고 상을 받았다며 무척 기뻐서 펄쩍 뛰고 싶었는데 휠체어에서 움직일 수 없었다고 한다. 신이 나서 손뼉을 치고 싶었으나 두 팔이 움직이지 않았다고 한다. 그래서 웃었다고 더 크게 더 환하게 웃었다고 한다. 가슴이 숙연해지면서 눈시울을 적시게 했다.

또 평범한 가정의 아들딸로 태어나기를 소망한 시도 있었다.

한 가정의 남편과 아내로 태어나서 자식들과 오순도순 살고픈 흔한 삶의 행복을 갈망하는… 구절구절마다 순수한 소망이 묻어있는 詩를 썼다. 이들은 세상의 그 누구도 원망하지 않고 주어진 삶을 받아들이며 세상을 아름답게 바라보고 있음에 감동받았다."

– 〈세상에서 가장 아름다운 별–전국 뇌성마비 시인들과 함께하던 날〉의 한 대목

신유하는 이들과 함께 "행사가 끝나고 돌아오는 길에 무심코 밤하늘을 쳐다보니 평소에 볼 수 없었던 수많은 별들이 속삭이듯 반짝반짝 내 눈에 가득 들어왔다.

생각해 보니, 세상 때 묻지 않고, 순수하게 열심히 살아가는 뇌성마비 시인들의 무수한 눈빛이 천사들의 눈빛처럼 세상에서 가장 아름다운 별빛으로 반짝이고 있었다.

"잠시 눈을 감고 생각했다. 내 마음도 이들처럼 맑디맑은 물로 씻고 헹구어 미리내로 올라가 작은 한 점 별이라도 되고 싶은 생각을 한다면 부끄러운 욕심이겠지…"라는 글월이 공감을 주고 있다. 그것은 인간관계(human relations)에서 맺어지는 힘이다. 수필은 인간의 본질적인 존엄성을 찾아내는 글월이기 때문이다.

뇌성마비(腦性痲痺, cerebral palsy, CP)란 중추신경계통 손상에 따른 근육 마비, 협응성 장애, 근육 약화, 기타 운동 기능 장애에 따른 신경 장애를 일으키는 질병이다.

뇌의 기능 장애로 나타나는 신경 결함 증상 가운데 주로 신경 운동 장애가 나타나며, 그 손상 정도에 따라 감각, 지각, 청력, 시력, 언어, 인지 능력 및 운동 장애 등의 장애가 겹치기도 하는데 사람에 따라 여러 형태로 나타난다. 병의 발생도 여러 경로에 걸쳐 일어나는데 뇌성마비의 원인도 선천적 원인과 후천적 원인이 있다.

이 병을 앓고 있는 환자들 가운데는 특히 예술 방면에 뛰어난 사람들도 많이 있다. 그들에게도 희망은 있다. 희망의 끈을 놓지 말고 최선을 다하면 길이 있을 것이다.

지여효심순至如孝心純의 마음으로

신유하는 급성치매로 고생하시던 시어머니의 일을 수필로 썼다. 성품이 고운 시어머니는 9대 독자와 결혼, 종부의 며느리로서 홀시아버지를 모시며 5남매를 키우신 전형적인 현모양처이신 시어머니께서 치매를 앓으실 때의 일을 쓴 〈시어머니와 치매〉라는 수필을 요약한다.

"어머니는 하루가 다르게 급성치매로 치달았다. 어떻게 대처할 수가 없었다. 밤에 식구들의 이름을 부르며 방마다 문을 두드려서 잠을 잘 수가 없었다. …(중략)… 어느 날 밤이었다. 그날은 조용해서 오늘밤만 같으면 살겠다 싶었다. 다음 날 아침 일찍 문안 인사를 드리려고 방문을 여는 순간, 나는 깜짝 놀라 주저앉고 말았다. 부드러운 본견 이불을 …(중략)… 갈기갈기 찢어놓았다. 목화솜은 새들의 깃털처럼 온방에 흩어져서 난무했고, 어머니는 그 아래 누워서 웃고 계셨다. 또 어느 날, 남편이 직접 조반을 챙겨들고 …(중략)… 갔는데, 어머니는 한복을 곱게 차려 입고 앉아서 "오빠 오랜만에 오셨다"며 아랫목에 당신의 요를 깔아놓고 윗목에서 절을 하시니, 남편 눈에서는 눈물이 흐르고 "내 착하신 어머니가 왜 저런 병에 걸리셨냐"고 한탄을 하며 슬퍼했다. 그런데, 어머니의 선한 성품은 병중에서도 보였다. 내가 간식으로 고구마를 쪄 가면 "형님 이렇게 맛난 것은 나누어 먹자" 하고 밥을 가져가도 나누어 먹자시며, 고맙다는 말은 잊지 않으셨다.

그러던 어느 날 아침 시어머니가 "아가! 고맙고 감사하다. 너는 복 많이 받고 살 것이다. 내 효부 며느리야 너도 꼭 너 같은 며느리 만났으면 좋겠다." 하시며 시어머니는 아주 편안한 미소를 지으신 얼마 후, 새싹이 돋고 목련꽃 피는 날 편안하게 꽃길 따라 떠나셨다. 이제 머지않아 새 싹이 트고, 목련 꽃이 피면 어머니를 찾아뵙고 와야겠다. 땅 끝 마을 바닷가에서 어머니의 향기를 품고 돌아오리라.

–〈시어머니와 치매〉 요약

"치매(dementia, 癡呆)는 라틴어' Demantia' 로 '정신적 추락' 이라는 뜻을 지닌 일종의 정신 질환이다. 멀쩡하던 사람이 뇌기능이 손상됨으로 기억력, 언어 능력, 시공간 파악 능력, 판단력 등의 인지기능이 떨어지는 질병이다. 알츠하이머, 혈관성치매, 파킨슨병, 전두측두엽치매 등 퇴행성 뇌질환 질병이 대표적인 병이다. 그러므로 혼자 힘으로 살아가기가 어려운 질병이다.

옛날에는 노화현상으로 일어나는 '망령' , 또는 '노망' 이라고 했다. 이름이 널리 알려진 지도자들도 이 병을 많이 앓았다. 미국의 40대 대통령을 지낸 로널드 레이건(Ronald Wilson Reagan)(알츠하이머)도, 영국의 총리를 지낸 마가렛 대처(Margaret Hilda Thatcher)(알츠하이머)도 이 병을 앓았다.

치매환자는 그 어떤 효자라도 감당하기 어려운 병이다. 그래서 지여효심순至如孝心純의 정신과 지순열친의至順悅親意 정신이 없이는 감당하기 어려운 일이다. 그래서 많은 사람들이 늦어버린 뒤에 풍수지탄風樹之嘆을 하고 있다. 그러나 "수욕정이풍불지樹欲靜而風不止 나무는 고요하고자 하나 바람이 멈추지 않고, 자욕양이친불대子欲養而親不待 자식은 부모를 잘 모셔보고자 하나 어버이는 기다려 주지 않는다."

"명심보감"도 순명順命에 따라 부모님께 효도하면서 인내로서 자식에게 본보기가 되는 삶을 살아야 한다고 가르치고 있다. 삶은 무엇인가? 나는 누구인가? 왜 살아야 하는가? 어떻게 살아야 하는가? 를 생각하게 한다. 결국 삶의 가온점(核心)도 이 네 가지 물음에 대해 끊임없이 생각하는 길이다.

청향만리淸香萬里에 펼치는 삶

신유하 작가는 삶의 후반에 와서 더욱 보람 있는 삶을 살아가고 있다. 시인으로, 시 낭송가로, 또 수필가로서 그 존재감을 드러내고 있으니 말이다. 한 분야에서 뜻을 이루기도 힘든 일인데 세 분야에서 일가를 이룬다는 것은 쉬운 일이 아니다. 그러나 그녀는 이름 있는 시낭송 대회에서 대상을 받고, 이름 있는 시낭송가로 활동하고 있다. 그녀의 수필 〈대상 받던 날〉을 요약한다.

"본선 날 아침이 되었다. …(중략)… 나는 다섯 번째로 무대에 섰다. …(중략)… 객석 관객들의 반응도 한눈에 다 들어올 정도로 안정감 있게 하고 인사를 하니 심사위원들이 고개를 끄덕이던 모습도 눈에 들어올 정도로 여유가 있었다. …(중략)… 장려상, 동상, 은상 금상, 대상만 남았을 때의 초초한 마음을 겪어보지 못한 사람은 그 심정을 모르리라.

대상, 대상. 사회자는 더 크게 대상을 외치고 …(중략)… 내 이름을 부르는 순간, 감격의 눈물이 쏟아졌다. …(중략)… 이 기쁨으로 이제 낭송의 고지에 섰으니 내가 필요로 하는 곳에 가서 재능기부로 시詩를 낭송하리라."

– 〈대상 받던 날〉 요약

신유하의 수필 〈대상 받던 날〉을 읽으면서 원나라 때, 왕면王冕[10]의 시 '흰 매화白梅'의 청향만리清香萬里 시귀詩句가 떠올랐다.

氷雪林中著此身 빙설임중저차신
不同桃李混芳塵 부동도리혼방진
忽然一夜淸香發 홀연일야청향발
散作乾坤萬里春 산작건곤만리춘

얼음과 눈 덮인 숲속에서 그 자태(매화) 드러내니
그 향기 먼지(세상)와 섞인 복사꽃, 자두 꽃과는 다르네
홀연히 밤사이 맑은 향기 피어내니
하늘땅에 흩뿌려져 만리에 봄이 오네.

하룻밤 새 피어난 매화의 맑은 향기가 온 누리(世上)에 봄을 알린다는 글월이다. "흰 매화(白梅)는 눈에 덮여 있을 때는 그 존재가 드러나지 않았다. 그러나 매화꽃이 피어 맑은 향기가 피어오르는 순간 봄의

---

10)왕면(王冕, 1287~1359) ; 원나라 말기 때 시인. 그는 매화를 좋아했다. 그래서 매화를 기르면서 자신의 집을 매화옥梅花屋이라 하고, 스스로 매화옥주梅花屋主라 이름했다.

전령으로서 그 존재감을 드러낸 것이다. 옛 시인들이 설중매雪中梅를 좋아했던 것은 바로 그 때문이었다."[11] 신유하는 어느 날 홀연히 그 자태를 드러낸 '흰매화(白梅)'처럼 청향만리淸香萬里에 그 존재감을 드러내고 있다.

나이 들어간다는 것은

신유하는 남편이 흰머리 염색하는 것을 보고, 짠한 생각을 하면서 그동안 남편에게 느끼지 못했던 소중함을 느꼈다고, 나이 들어감을 안타까워하는 마음으로 글월을 쓰고 있다. "빛바랜 흑백 결혼사진 속에 남편이 여전히 숱 많고 윤기 흐르는 머리털을 올백으로 넘기고 당당한 모습으로 활짝 웃고 서 있는 모습을 떠올리고 있다. 〈남편머리 염색하던 날〉 한 대목을 본다.

"염색을 끝낸 남편이 머리를 감고 툴툴 털고 나와서 화장대 앞에 앉으면서 "고마워요" 했다. 나는 그 "고마워요"가 왜 생소하게 들렸는지....화장대 거울에 비친 우리의 모습을 보니, 함께 한 시간들이 눈에 익게 닮아 있었다. 나는 남편의 좁아진 양쪽 어깨를 가볍게 마사지하며, 그 동안 눌린 삶의 무게를 풀어주었다. 그리고 이전에 느끼지 못했던 서로의 소중함이 더욱 숙성해지고 있음도 느꼈다.

- 〈남편머리 염색하던 날〉의 한 대목

11) 박석 ; 상명대 교수, 2019년 3월 4일 문화일보 p, 30.

나이 들어감을 짠하게 생각하는 글월이다. 그러나 나이 들어감을 안
타까워 하거나 두려워 할 까닭이 없다. 자연 현상이기 때문이다. 사람
이 늙어가는 과정을 대개 세 단계로 나누고 있다. 신체의 기관과 체계
의 구조 및 기능이 바꾸어지는 생물학적 과정이 하나요, 행동, 감각,
지각 기능이 스스로 떨어짐을 느끼는 심리학적 과정이 둘이며, 삶의
주기를 통해 일어나는 여러 변화의 규범이나 기대감, 사회적 지위와
역할 바꿈으로 일어나는 노화 현상이 그 셋이다.

시인 롱펠로우(Longfellow)[12]가 1847년, 〈에반젤린〉(Evangeline)[13]을 발
표한 후, 이름이 널리 알려졌다. 롱펠로우도 머리카락이 하얗게 세었
다. 그러나 '롱펠로우'는 늘 싱그러운 삶을 살아가고 있었다. 친구가
비결을 물었다.

"롱펠로우는 정원에 있는 큰 나무를 가리키면서 말했다. 나이(樹齡)
가 오래 된 나무일세. 그러나 봄이 오면 어김없이 꽃을 피우고, 잎이
무성한 여름을 거쳐, 가을이면 열매를 맺는다네. 그것이 가능할 수 있
는 건 매일 쉬지 않고 양분을 빨아들이고 있기 때문일세. 나도 매일 매
일 좋아하는 일을 하는 것, 그것이 내가 젊게 사는 비결일세!"

사무엘 울만이 말했다. "사람은 나이를 먹는 것만으로 늙지 않는다.

---

12) 헨리 롱펠로우(Longfellow, Henry Wadsworth/ 1807~1882) ; 미국의 시인. 하버드 대학에서
　　18년 동안 근대어를 가르쳤으며, 대표작으로 밤의 소리, 민요 시집, 노예의 노래 등 서정 시집
　　외에 에반젤린, 마일즈 스탠디스의 구혼, 하이아와다의 노래 등과 명 번역으로 알려진 〈신곡〉
　　이 있다. 미국 보스톤에 헨리 롱펠로우가 45년간 살았던 집에 롱펠로우 국립역사 사적지
　　(Longfellow National Historic Site)가 있다.
13) 에반젤린(Evangeline, A Tale of Acadie) ; 1847년에 출판된 롱펠로우의 서사시집이다. 이 시는
　　에반젤린이라는 이름을 가진 아카디아 소녀의 이름을 따서 지었다. 아카디아 추방 시기에 설
　　정된 사랑하는 연인 가브리엘을 잃어버린 소녀가 사랑을 찾는 내용이다.

이상을 잃었을 때 비로소 늙는 것이다." 명언이다. 미켈란젤로는 80세에 성 베드로 성당을 설계했고, 89세까지 현역으로 조각을 했다. 피카소도 91세까지 작품을 만들었으며, 음악가 베르디는 73세에 오델로를 작곡했고, 80세에 팔스타프를 만들었다. 연주가인 첼리스트 카잘즈는 96세까지 현역으로 활약했다. 역사가 랑케가 세계사 16권을 쓰기 시작한 것은 80세 때였고, 제1권을 85세에 출간했다.

시성 괴테가 '파우스트' 2부를 쓴 것은 83세였으며, 세르반테스, 볼테르, 톨스토이, 러셀등도 모두 80이 넘어 90이 가깝도록 일선에서 활동했다. 또 미국의 작가 줄리언 그리언은 94세에 미국 남북 전쟁 때의 이야기를 담은 소설 딕씨를 출간하였다. 그는 75년간 소설을 쓰면서 64번째 소설을 펴낸 것이다.

또 1924년 중국 최고의 무협소설가 진융(김용, 金庸)은 1898년 베이징대학 개교 이래 최고령 학생으로 입학했다. 학문에 대한 뜨거운 열정으로 "갑골문(胛骨文; 동물의 뼈에 새긴 옛 문자) 공부를 마친 뒤, 83세에 영국 캠브리지대학에서 당唐나라 역사연구로 석사학위를 받았고, 이어서 박사학위 과정도 밟았다. 학위 때문이 아니라 공부 그 자체가 목표이기 때문이었다.

수많은 그의 대표작들은 날개 돋친 책이 되었고, 그의 작품들은 거의가 다 영화로 만들어졌다. 우리나라에도 영웅문으로 소개되었던 《사조영웅전射雕英雄傳》은 수백만 부가 팔리기도 했다. 그의 작품 〈천룡팔부天龍八部〉는 중국의 고교 정식 교재로 채택되었다. 2007년에 조사한 그의 애독자는 3억 명이 넘었다.[14]

14) 장세정, '중앙일보 베이징특파원' 2007년 6월 19일자 중앙일보 참조.

우리나라도 황희 정승이 80이 넘도록 영상을 지냈고, 고산 윤선도도 85세까지 정사와 집필을 정력적으로 감당하였으며, 남농 허건, 의제 허백년, 오지호 화백 등이 모두 90이 넘도록 현역에서 작품 활동을 했다. 전 이화여대 부속 병원장 이기섭 박사도, 또 한국의 슈바이처라고 하는 장기려 박사도 90이 넘도록 현역에서 의사로 봉사하였으며, 김형석 교수도 100살이 넘도록 글을 쓰고 있고, 일요일의 남자 송해도 2019년 현재 93세인데도 쩌렁쩌렁한 목소리로 방송을 하고 있다.

기행문학의 진수眞髓

신유하는 '두물머리에서 친구들과' 라는 제목으로 2편의 수필을 썼고, 다시 북유럽 덴마크, 노르웨이, 스웨덴, 핀란드를 여행하고 '북유럽 가다' 라는 제목으로 2편의 수필을 썼다. 두물머리는 경기도 양평군 서종면에 있는 양수리의 땅이름이다. 각기 따로 흐르던 남한강, 북한강이 여기서 하나의 한강으로 흐르는 곳, 그 곳이 두물머리다.

일제강점기 때 양수리兩水里라는 한자말로 바뀌어졌다가 광복 후에 되찾은 이름이다. 이곳에 서있는 400년 된 버드나무가 소원을 들어주는 나무로 알려져 수많은 사람들이 소원을 빌기도 한다. 신유하는 이곳 두물머리에 있는 친구의 별장에 초대를 받아 여고 동창생들과 함께 1박 2일 동안의 추억을 나누고 수필을 썼다. 그 1편과 2편에서 한 대목씩을 옮긴다.

"상쾌한 두물머리 이른 아침 풍경은 장관이었다. 남한강과 북한강이 만난 이곳 주변은 여름의 끝자락과 가을의 운무로 동양화 풍경을 이루었고, 물새들의 날갯짓은 별천지 같았다.

이곳저곳에서 셔터를 누르는 사진작가들의 표정이 사뭇 진지했다. 강변으로 이어진 연꽃 무리는 수채화이고 찬바람에 살랑거리는 갈대는 은빛 날개를 서걱거리며 강변의 운치를 더해 주고 있다."

<두물머리에서 친구들과 (1)>의 한 대목

"불과 몇 걸음 앞이 강변이었다. 너무 좋은 곳에 별장을 둔 친구가 부러웠다.

강가에 이르니 물안개가 피어 자연이 주는 아름다운 풍경은 더 없는 멋진 선물이었다. 물새들의 날갯짓도 한가롭고 연꽃과 수련의 고운 자태에 우리는 한동안 서로 말을 잃었다.

잠시 후, 빗방울이 한두 방울 떨어지며 호수에 파문이 일었다. 호숫가에 우산을 받쳐 든 남녀들은 한 폭의 수채화로 거닐고 있었다. 빗방울이 후둑후둑 떨어지는 소리에 우리는 숙희네로 뛰었다. 갑자기 쏟아진 비에 숙희네 넓은 뜰에 가득 핀 보라색 벌개미취꽃과 빨간 꽃잔디가 으스스 떨고 있다.

한옥 기와지붕 처마 밑 차양에 떨어지는 빗방울 소리를 들으며 "너무 좋다" 하며 모두들 조용했다. 나는 잔잔하게 내리는 빗소리에 정취를 느끼며… 문득 내 고향집 뜨락을 떠올렸다."

<두물머리에서 친구들과 (2)>의 한 대목

1편에서는 여학교 때, 친구들이 흩어져 살아오다가 옛 추억을 더듬으면서 여행을 즐기고 있다. 그리고 2편에서는 "물안개가 피어 자연이 주는 아름다운 풍경이 더 없는 멋진 선물" 이라면서 강 옆을 산책하는 글월로 이어지고 있다.

사람은 늘 한 곳에만 머물러 있으면 거기에 익숙해진다. 그러나 너무 오랜 동안 한 곳에만 머물면 나태해지기 쉽다. 그래서 익숙하지 않은 곳으로 떠나는 것, 어색하고 생경한 환경으로 낯선 곳을 찾아 떠나는 것을 꿈꾸게 된다. 그것은 보약보다 좋은 정신 휴식이다. 그것이 여행이다. 여행을 하면 무뎌졌던 호기심이 되살아난다. 떠나기를 통해 호기심을 찾게 되고, 경이로운 마음으로 새로운 곳에 다가갈 수가 있기 때문이다. 그런 감동과 느낌을 진솔한 마음으로 쓴 글월이 기행문이다.

하나의 머물기에서 또 다른 머물기로 바꾸어지는 긴장의 이어짐 그 속에서 여행의 깊은 뜻을 찾아낼 수 있다. 예로부터 산수를 찾는 여행을 유람기행遊覽紀行, 또는 관유기행觀遊紀行이라 했으며, 사신으로 떠나는 여행을 사행기행使行紀行이라 했다.

이런 경우 이국의 정취, 대인관계에 대한 기록이 우선한다. 그러나 두 가지를 유람기행에 포함시키기도 했다. 연암 박지원의《열하일기》가 대표적인 작품이다. 그리고 귀양을 떠나는 유배기행流配紀行도 있다. 또 전란을 피해 다니면서 겪었던 여러 과정을 극복하는 모습과 낯선 풍경을 기록하는 피란기행문避亂紀行文도 있다.

신유하의 기행문 가운데 나라밖 여행으로 '북유럽 가다 (2)—스웨덴, 핀란드편' 에서 한 대목을 본다.

"노르웨이에서 국경을 넘어 스웨덴에 들어설 때, 이렇게 쉽게 갈 수 있는 곳을, 하며 순간 우리나라의 삼팔선이 떠오르며 언젠가는 우리나라도 이곳처럼 쉽게 오갈 수 있기를 기도했다.

여행 7일째 되던 날, 스웨덴의 수도 스톡홀름 구경에 나섰다.

스톡홀름은 세계에서 가장 아름다운 도시 중의 하나로 물 위에 있기 때문에 '물 위의 아름다움' 이란 이름이 늘 따라다닌다. 스웨덴의 수도이자 관문인 스톡홀름은 매혹적인 역사와 아름다운 자연이 조화를 이룬 곳이라 한다.

그리고 스웨덴은 자연환경이 깨끗해서 도시 한가운데서도 수영하고 낚시를 즐길 수 있으며, 2만4천 개나 되는 섬이 있다고 한다. 그리고 세계에서 가장 오래된 야외 박물관인 스칸센(skansen)은 스웨덴의 역사를 볼 수 있고, 스톡홀름에는 60여 개의 박물관이 있으며 많은 문화와 예술행사가 열린다고 했다."

– 〈북유럽 가다 (2) – 스웨덴, 핀란드편〉의 한 대목

세계 최초의 여행가는 콜럼버스[15]다. 그는 1492년 8월 3일 인도를 찾아가기 위해 10주간의 예정으로 스페인을 떠났다.

---

15) 크리스토퍼 콜럼버스(Christopher Columbus, 1451~1506), 이탈리아 제노바 공화국 출신 탐험가, 항해가. 본명은 크리스토로 콜롬보, 1492년 10월 12일, 카리브해를 건너 지금 바하마제도라고 불리는 곳에 이르렀다. 그는 1479년에 결혼한 뒤 수학자 P. 토스카넬리에게서 지도를 구해 연구한 결과 서쪽으로 항해하면 인도에 이를 수 있다는 확신을 갖게 되었다. 그는 1484년에 포르투갈 왕 주앙 2세에게 '인도 탐험' 을 제안했으나 허락을 받지 못하고, 지금 스페인의 일부인 카스티야를 통치하던 여왕 이사벨라 1세의 후원으로 1492년 8월 3일 출항, 그해 10월 12일, 현재 바하마제도의 와틀링섬에 이르렀다. 그 후 1500년까지 세 차례나 카리브해로 항해했는데, 끝내 그 지역을 '인도' 라고 믿었다. 1504년 이사벨라가 죽은 뒤 사람들의 관심도 받지 못한 채 세상을 떠났다.

그해 10월 12일, 현재 바하마제도의 산살바도르의 와틀링섬에 이르 렀다. 그는 신대륙을 처음으로 찾아낸 놀라운 업적을 이루어 냈다. 그 는 그 후 1500년까지 세 차례나 더 그곳을 찾았는데도 신대륙인 줄 몰 랐다.

그는 그곳이 '인도'라고 믿고 있었다. 아무런 기록도 남기지 않았 다. 그는 1504년 이사벨라 여왕이 죽은 2년 뒤 누구의 관심도 받지 못 하고 쓸쓸하게 세상을 떠났다.

그러나 아메리고 베스푸치(Amerigo Vespucci)[16)는 1497년부터 1503년 까지 콜럼버스 선단을 따라 항해를 했던 기록을 1503년《신세계》라는 책자[17)로 발간했고, 1505년에《4회의 항해에서 새로 발견된 육지에 관

___
16) 아메리고 베스푸치(Amerigo Vespucci, 1454~1512) ; 이탈리아 피렌체 출신 탐험가. 그는 1497년부터 1503년까지 콜럼버스 선단을 따라 항해를 했다. 그는 1503년에 알베리쿠스 베스푸 시우스(베스푸치의 라틴식 이름)라는 필명으로〈신세계〉라는 여행기록 책자를 발간했다. 그 리고 1505년에〈4회의 항해에서 새로 발견된 육지에 관한 아메리고 베스푸치의 서한〉을 발간 했다. 그가 1499년 오예다와 코사 탐사대원으로 참가한 기록을 요약한다. "프톨레마이오스가 카티가라(Catigara)라는 곳을 찾았다." 프톨레마이오스는 카티가라를 인도의 최남단으로 생각 하였는데, 이곳을 찾으면 인도로 가는 항로를 찾을 수 있을 것이라고 생각하였다. 1499년 5월 카디스 항을 떠난 탐험대는 카나리아 제도에 잠시 들렀다가 대서양을 가로질러 기아나 부근에 도착하였다.(신대륙의 북위 15°지점) 여기에서 오예다가 이끄는 탐사대는 북쪽으로 항해하였 고, 베스푸치의 탐험대는 오늘날 브라질 해안을 따라 남쪽으로 항해하였다. 베스푸치는 브라 질 북부 해안을 세인트 암브로스, 아마존 강을 '리오 데 포코 세초'(Rio de Foco Cecho, 숨겨진 불의 강)라고 이름했다. 계속 남하하였으나, 카티가라라고 생각할 만한 대륙의 남단이 발견되 지 않았다. 일행은 오늘날 아카라우 부근에서 회항하여 남미대륙을 북상하던 도중 베네수엘라 인근의 보네르 섬에 브라질우드가 많이 자라고 있는 것을 보고 '브라질우드 섬'이라고 이름하 였다. 아루바 섬에서는 집들이 물 위에 지어져 있는 것을 보고 베니스를 연상하여 '작은 베니 스'라는 뜻으로 '베네수엘라'라고 이름하였다. 오늘날 브라질과 베네수엘라는 모두 베스푸치 가 이름한 것이다. 베스푸치는 1450년 6월 중순 카디스로 돌아왔다. 그는 후견인인 로렌초 메 디치에게 쓴 편지에 "해안을 따라 400 리이그를 항해한 결과 이곳이 대륙이라는 결론을 내리 게 되었다"라고 적었다.
17) 베스푸치의 항해기록으로 2개의 문서가 남아 있다. 첫 번째는 베스푸치가 1504년 9월 4일부

한 아메리고 베스푸치의 서한》을 발간했다.

그 기록을 본 독일 지리학자 M. 발트제뮐러가 1507년《세계지입문世界誌入門》을 발간하면서 '신대륙' 이름을 아메리카(Americas)로 정했고, 유럽인들이 그것을 받아들였다. 신대륙의 여행 기록을 쓴 사람이 아메리고 베스푸치가 처음이었기 때문이다.

콜럼버스는 기록을 남기지 않았기에 이름을 빼앗긴 것이다. 19세기 미국의 사상가이며, 문필가인 랠프 에머슨은 "베스푸치가 콜럼버스를 밀어내고 신대륙에 이름을 남겼다"고 비난했다.

또 다른 예를 본다. 영국 출신 이사벨라 버드 비숍(Isabella Bird Bishop)[18] 여사가 조선과 극동지역을 여행하고 쓴 '조선과 그 이웃나라들(Corea and her neighbors)' 이라는 저서가 있다. 이 책은 한국을 한국 사람보다 더 사랑했던 헐버트(Homer Hulbert)의 '대한제국 멸망사(The Passing of Korea)' 와 1882년 미국인 그리피스(W. E. Griffis)가 쓴 '조용한 아침의 나라' 또는 '은자의 나라 조선(Hermit Kingdom)' 이라는 저서와 함께 조선 말기 3대 외국인 명저로 꼽힌다.

터 리스본에서 중세 이탈리아의 도시공화국 장관이었던 피에로 소데리니에게 보낸 공식서한들이다. 이것은 이탈리아어로 쓰여졌으며, 1505년 피렌체에서 인쇄되었다. 그리고 〈4회의 아메리카 항해, Quattuor Americi navigationes〉와 〈문두스 노부스, Mundus Novus〉 또는 〈에피스톨라 알베리키 데 노보 문도, Epistola Alberici de Novo Mundo〉라는 제목하의 라틴어 번역판 2권이 출판되었다.

18) 영국 출신 이사벨라 버드 비숍(Isabella Bird Bishop, 1831~1904) ; 1831년 영국 왕립 지리학회 최초의 여자회원. 여행가이며, 지리학자이자 작가이다. 1894년부터 네 차례 우리나라를 방문했다. 늦게 연하의 의사 비숍과 결혼했다. 고종과 민비와 만났으며, 민중들의 삶을 직접 체험하고, 빈대와 벼룩들이 들끓는 주막에서 먹고 잤다. 길도 거의 없고 잠자리는 벌레가 들끓고, 거친 식사는 물론 몰지각한 구경꾼들이 상상초월의 호기심을 보였고, 제물포로 입국하여 서울로 온 후 거룻배를 세내어 한강을 따라 여주, 단양을 거쳐 영월까지 여행, 북한강까지 답사한 후 서울로 다시 왔다가 강원도를 거쳐 러시아 연해주까지 갔다. 참으로 생생한 여행기를 남겼다.

특히 1890년 비숍 여사가 우리나라를 여행하고 쓴 '조선나라와 그 이웃나라들'에서 우리나라가 멸망의 길로 가는 모습을 쓴 기록들은 충격을 준다.[19]

"일찍이 이계 홍양호[20]는 여행 방법으로 족유足遊, 목유目遊, 심유心遊 를 말했다. 깊이 살피지 못하는 여행은 발로 돌아다닌 데 지나지 않는

19) 비숍 여사가 영월에 가서 잠을 청했는데 동네 사람들이 창호지에 구멍을 뚫고 잠자리를 지켜 볼 뿐만 아니라 빈대나 이 때문에 잠을 이루지 못했다고 기록했다. 또 양평에 가보니 그 조그 만 고을에 이방이 800명이나 있었다. "그 사람들을 다 누가 먹여 살릴까. 백성들이 먹여 살린 다. 이방들은 사람들의 집에 뭐가 얼마나 몇 개씩 있는지 다 알고 있다. 어떤 백성이 열심히 일 해서 가재도구라도 새로 마련하면, 이방이 그 백성을 불러서 무조건 곤장을 친다. 네 죄는 네 가 알렸다. 어서 네 죄를 고하라고…. 조선 사람들은 일을 하려 하지 않는다. 왜? 일을 해도 남 는 건 다 빼앗겨 버리니 말이다." 그런데 연해주에 가서 새로운 삶을 살아가는 조선 사람들의 모습을 보고 깜짝 놀랐다. 원시인 같은 삶을 사는 조선인과 달리 연해주의 조선인들은 러시아 사람들보다 훨씬 더 잘 살고 훨씬 더 깨끗하게 살고 있었다. 나라가 잘못되어서 그런 것이었 다. 백성이 뭘 얻기만 하면 곤장을 쳐서 빼앗아 버리는 나라에서 살고 있었기에 그렇게 된 것 이다." "깔끔한 학교, 러시아 아이들과 같이 수업을 하는 안치혜는 부유하다. 이곳에서 새로운 삶을 살아가는 한국인들은 여유 있는 생활, 가렴주구가 사라진 러시아 령, 이곳의 한국 남자들 에게는 고국의 남자들이 갖고 있는 그 특유의 풀죽은 모습이 사라져 버렸다."

20) 耳溪 洪良浩(1724~1802) ; 영정시대 홍문관 대제학과 이조판서 등을 역임. 청나라의 사절로 두 차례 연행 길을 다녀왔다. 18세기의 뛰어난 문장가로 학문에도 개명적 사고와 창조적 능력 을 크게 인정받았다. 〈영조실록〉·〈국조보감〉·〈갱장록〉·〈동문휘고〉 등의 편찬을 주관했으 며, 중국에 다녀와서 고증학을 보급했다. 지방관으로 있을 때는 치산과 치수에 힘썼다. 문집 〈이계집〉을 비롯하여 〈육서경위〉·〈군서발배 〉·〈격물해〉·〈칠정변 〉·〈해동명장전〉·〈고 려대사기〉·〈홍왕조승〉·〈삭방습유〉·〈북새기략〉 등의 저술을 남겼다. 이계 홍양호의 세계 관과 사유방식은 실학파와 이어지면서도 문학에서는 같은 시대 실학파 문인들의 생각보다 더 다양하고 풍부하다는 평을 받았다. 그는 당시 사신으로 중국에 다녀온 연행사들이 쓴 견문기 에 대해서 족,목,심의 잣대로 평가를 내리면서 당시 중국이 세계의 중심이라는 중화주의를 비 판하였다. 중국도 먼 우주에서 보면 한줄 손금에 불과하다는 논리로 사대주의에 빠진 조선 지 식인들을 비판했다. 한반도 북방의 강역(疆域)에도 깊이 연구했으며, 실용과 후생의 실학사상 에도 관심이 컸다. 당시 조선 후기사회는 봉건사회가 무너져가고 새로운 사회구조를 꿈꾸던 시대이다. 그 시대의 문학도 시대적인 여건에 따라 새로운 양상들이 폭넓게 펼쳐지고 있었다. 이런 시점에서 볼 때 현실주의는 우리 고전문학 과 한문학에도 크게 영향을 준 것이다. 그 시 절에 실학파들과 어깨를 겨루며 벼슬길에서도 뚜렷한 문학적인 영역을 이룬 그는 글씨도 잘 써서 많은 작품을 남겼다. 시호는 문헌이다.

족유足遊에 불과하다. 그러나 비어 있는 것과 가득 차 있음을 보며, 같음(同)과 다름(異)까지 살필 수 있다면 족유보다 나은 여행이라 할 수 있다.

그러나 이 또한 눈으로만 보고 온 목유目遊에 불과하다는 것이다. 역사를 이해하고, 생각을 깊이 하면서 눈에 보이지 않는 것까지 헤아릴 수 있는 혜안으로 삶을 긍정적으로 살펴보는 여행, 그것이 심유心遊라고 했다.

우리나라는 신라시대부터 나라 안팎을 여행하고 쓴 기행문이 많이 있다. 혜초의 〈왕오천축국전〉을 비롯하여 민영규의 〈예루살렘 입성기〉, 최부의 〈표해록〉, 강항의 〈간양록〉, 신유한의 〈을병연행록〉과 〈해유록〉은 물론 이율곡의 〈풍악암자의 노승을 보내며〉, 정철의 〈관동별곡〉, 김인겸의 〈일동장유가〉, 김진형의 〈북천가〉, 홍순학의 〈연행가〉 등이 있다.

특히 박지원의 《열하일기》는 원문이 한문으로 쓰여졌지만 영원한 고전문학으로 사랑 받고 있다. 그리고 남효온의 〈유금강산기〉, 김금원의 〈호동서낙기〉나 호남과 제주로 유배 갔던 정약용과 최익현의 글들, 또한 김춘택, 김정희와 북변으로 유배 갔던 김려 등과 유길준의 〈서유견문록〉, 최남선의 〈백두산 근참기〉, 정비석의 금강산 기행문인 〈산정무한〉, 현진건의 〈불국사 기행문〉 등이 있다.

이 밖에도 이상보의 《갑사로 가는 길》, 유홍준의 《나의 문화유산답사기》, 한비야의 《걸어서 지구 세 바퀴 반》 등 기행문으로 성공한 작품들이 많이 있다.

마무리

글월(文章)의 사상은 프랑스의 평론가 알베레스(R. M. Alberes)²¹⁾에 의
해서 그 자체의 높은 문학성을 본격적으로 평가 받을 수 있었다. 그것
은 알베레스가 "지성을 바탕으로 한 정서적 신비적인 이미지의 문학
이 수필²²⁾"이라고 말한 데서 뿌리를 두고 있는 것이다. 그 말이 공감²³⁾
을 얻는 이유는 수필이 자유로운(자율적인) 문학이기 때문이다. 좋은
수필은 그 내면에 아름다움(美, beauty)²⁴⁾이 함께한다.

일찍이 이산(怡山) 김광섭²⁵⁾도 '수필문학 소고'에서 "인간미를 보여줄

21) 르네 마릴 알베레스(René-Marill Albérès, 1921~1982) ; 프랑스의 평론가. 현대 프랑스 문
예평론가 중 최 다산 작가이며, 가장 시야 넓은 활동을 한 작가인 동시에 가장 시야가 넓은 활
동을 하고 있다. 남아메리카, 이탈리아, 스위스 등에서 오랫동안 교편을 잡으면서 갖가지 평론
을 발표하였다. 20세기의 문학에 관심을 두고, 전 유럽적 규모의 문학사조 동향을 좇는다. 저
서는 《20세기의 지적 모험》(1950), 《현대소설의 역사》(1962) 등이다.
22) 알베레스의 저술 《20세기의 문학의 결산》에 따르면 "수필 그 자체는 원래 앎(知性)을 바탕(根
據)으로 한 정서적 환상적 이미지로 이루진 것"이라고 했다. 또 "만족스럽지 않음(不滿)에도
부딪침(激情) 없이 너그러움(寬容)으로 물 흐르듯(流路) 쓰여지는 것이 수필"이라고 했다. 뿐
만 아니라 그는 "만사를 설명하는 데 있지 않고 밤하늘에 번지는 불꽃처럼 퉁겨 올릴 뿐 원래
휘황하게 반짝이되, 토론을 피하고 한곳에 머물려고도 하지 않는 것이 수필"이라고 했다.
23) 공감(sympathy)이란! 남의 주장이나 생각 또는 이유나 목적에 대하여 나도 그렇게 생각한다
고 느끼는 마음. 활자화 된 글월도 읽는 이가 내용에 있는 사건이나 인물 배경 등에 대해 감정
이입을 하고 정서적으로 공감하지 않으면 그 글은 실패한 글이다.
24) 아름다움(美, beauty)은 감각적인 기쁨이나 만족을 주는 대상의 특성으로, 마음을 끌어당기는
조화(調和, harmony)의 상태이다. 아름다움을 한 마디로 정의하기는 어려우나 자연과 사물 등
에 대해 감각적으로 느끼는 소박한 인상으로부터 예술 작품에 대해 갖는 감동의 감정, 혹은 인
간의 행위의 윤리적 가치에 대한 평가에 이르기까지, 여러 뜻과 해석을 가지고 있다. 그 가운
데 객관주의와 주관주의 두 가지 이론을 본다. 1 객관주의: 아름다움의 기준이 '나의 밖에 있
다. 플라톤의 이데아는 완벽한 관념적 아름다움(ideal beauty)을 추구했다. 2 주관주의: 아름다
움의 기준이 '내' 안에 있다(Beauty is in the eye of the beholder.).
25) 김광섭(1905~1977) ; 1924년 중동학교 졸업. 28년 일본 와세다 대학 영문과 졸업. 1927년, 동
창회지에 〈모기장〉을 발표하면서 문단활동을 시작. '해외문학연구회', '극예술연구회' 회원,

흥미나 자질을 갖지 못한 사람은 평론이나 소설은 쓸 수 있을지언정 결코 수필은 쓸 수 없다"고 말했다. 그러면서 "수필은 의식적 동기에서가 아니라 '결과적 현상에서 쓰여진다고 했다"[26] 결과적 현상이란 지은이에게 주어졌거나 몸소 선택한 현상, 즉 소재를 말하는 것이다. 그러므로 수필이란 현상의 연계나 전환을 필연으로 하는 소설과는 달리, 주어진 현상에 대한 자기 해석이요 이해라고 할 수 있다.

　그러나 인간적인, 이해로만 가능한 사유의 결과로서 현대수필이 넘어서야 할 '주지의 객관화' 작업이 있어야 한다. 소재 앞에 다가서는 솔직성과 순수성으로써만 가능한 '인간적인 표정'이나 마음 깊은 곳에서 빚어내는 '인간적인 맛'이 있어야 한다는 말이다. 좋은 수필을 쓰기 위해 노심초사하는 신유하에게 끝없는 문운이 함께 하기를 기원하면서 글월을 마친다.

1933년 극예술연구회에 참가하면서 서항석, 함대훈 등을 만났다. 시인, 평론가. 시집《동경》《마음》《해바라기》《성북동 비둘기》《반응》이 있으며, 〈수필문학 소고(1934년)〉〈현대영문학에의 조선적 관심〉〈민족문학의 방향〉 등 많은 평론을 발표. 1938년, 첫 시집《동경》발간. 1941년, 학생들에게 민족 사상을 일깨워준다는 혐의로 일본 경찰에 체포되어 4년 간 옥살이를 했다. 광복 후 교직을 거쳐 민중일보 편집국장, 대통령 홍보비서관, 시인, 평론가로 활동. 경희대 교수, '한국자유문학가협회' 초대 회장(1955~1961년) 등 역임. 1965년 야구 경기 관람 도중 뇌출혈로 쓰러졌으나 그 후에도 계속 창작활동을 하여, 대표작 〈성북동 비둘기〉를 발표했다. 그의 시 〈성북동 비둘기〉와 〈수필문학소고〉가 고등학교 국어교과서에 실렸다.
26) 김광섭, 수필문학소고, 1934년 1월 『문학』 제1호.

달빛 어린 흰 고무신

지은이 / 신유하
펴낸이 / 김정희
펴낸곳 / **지구문학**

03140, 서울시 종로구 종로17길 12, 215호(뉴파고다 빌딩)
전화 / (02)764-9679
팩스 / (02)764-7082

등록 / 제1-A2301호(1998. 3. 19)

초판발행일 / 2019년 4월 5일

값 15,000원

E-mail/jigumunhak@hanmail.net

ISBN 978-89-89240-25-9 03810